Arne Ulbricht

LUNA

EIN FLIEGENPILZ IM ERDBEERKLEID

Arne Ulbricht

LUNA

EIN FLIEGENPILZ IM ERDBEERKLEID

Mit Illustrationen von Sanne Dufft

Urachhaus

FÜR LOTTA UND LASSE – ARNE ULBRICHT

FÜR FINOLA – SANNE DUFFT

ISBN 978-3-8251-5183-6

Erschienen 2019 im Verlag Urachhaus
www.urachhaus.de

Umschlag und Innenillustrationen: Sanne Dufft
Gesamtherstellung: CPI books GmbH, Leck

INHALT

LUNA WACHT MITTEN IN DER NACHT AUF

Als Luna auf ihrem Hochbett aufwacht, ist es stockdunkel in ihrem Zimmer. So dunkel, dass sie Lilli, ihr Stoffnilpferd mit dem dicken Po und dem riesengroßen Maul, nicht sieht, sondern nur an ihrem Bauch spürt.
Luna findet es gar nicht so schlimm, mitten in der Nacht aufzuwachen. Denn nachts aus dem Fenster zu schauen, ist das Spannendste, was es gibt. Luna zieht den Vorhang ein Stück zur Seite und guckt gemeinsam mit Lilli raus. Schade, kein Gewitter, denkt Luna. Denn sie mag Gewitter. Wenn es blitzt und donnert und der Regen so richtig prasselt und sich die Bäume im Sturm biegen, kann sie stundenlang aus dem Fenster gucken.
Immerhin scheint der Mond, der nur noch eine kleine Delle an der Seite hat. Auch den Mond mag Luna. Sie winkt ihm zu. Das macht sie jede Nacht, wenn sie aufwacht und den Mond sieht. Anschließend legt sie sich wieder hin und seufzt, weil sie nicht schlafen kann. Einen Moment später seufzt sie ein bisschen lauter. Aber Papa hört sie einfach nicht.

Dann rufe ich ihn halt, denkt sie.
Luna deckt erst Lilli zu, küsst sie auf ihr Riesenmaul und setzt sich anschließend an den Rand ihres Betts. Dort lässt sie die Beine über das Geländer baumeln. Wenn sie so dasitzt und Papa kommt, lächelt er meistens. Früher hat er allerdings manchmal nicht gelächelt, wenn sie ihn gerufen hat, weil das Bett hin und wieder nass war. Einmal war Papa sogar richtig sauer, weil sie in *sein* Bett gepinkelt hatte. Aber dafür hatte sie nichts gekonnt. Sie war einfach nicht wach geworden. Und in Wahrheit fand Papa das auch gar nicht so schlimm. Sonst würde er ja nicht so oft davon erzählen, und Mama lacht meistens, wenn er es tut.
»Papa!«, ruft sie.
Sie zählt bis drei.
Eins.
Zwei.
Drei.
Aber Papa kommt einfach nicht. Also versucht sie es erneut.
»PAPA!«
Wieder zählt sie bis drei. Wo bleibt er bloß? Vielleicht hat er ja vergessen, was sie will, wenn sie ihn nachts ruft.
»KOMM!«, ruft sie, damit er sich wieder daran erinnert.
Es scheint geklappt zu haben. Sie hört Geraschel im Schlafzimmer, das genau neben ihrem Zimmer liegt. Am liebsten würde sie nach Mama rufen, aber Mama

schläft so tief, dass sie Luna gar nicht hören würde. Also bleibt Luna gar nichts anderes übrig, als nach Papa zu rufen.
Luna guckt zur Tür und freut sich, als Papa endlich hereingeschlurft kommt. Sein Haar ist ganz verwuschelt. Aber so sieht sein Haar eigentlich immer aus.
»Na, Mausebär«, sagt er mit müder Stimme, lächelt und streckt Luna die Hände entgegen.
Das findet Luna toll! Denn so kann sie sich einfach fallen lassen und landet nach kurzem Flug in Papas Armen.
»Zuerst gehen wir aufs Klo«, sagt Papa.
»Ich muss aber gar nicht!«
»Macht nichts.«
Na gut, dann mache ich eben Pipi, denkt Luna.
Als sie fertig ist, setzt Papa sich ebenfalls, macht Pipi und beginnt in der Zeitung zu lesen, die immer neben dem Klo liegt. Dabei pinkelt er doch nur eine Sekunde!
»Papa, du pinkelst doch gar nicht mehr!«, sagt Luna, als sie nichts mehr plätschern hört.
Es ist immer das Gleiche mit ihm. Er sitzt da und liest einfach weiter.
»Papa!«, sagt Luna mit strengem Tonfall.
»Ja ja, nur noch diesen Absatz.«
Das gibt es doch nicht! Dann legt er endlich die Zeitung weg und steht auf.
»Komm«, sagt er.
»Arm!«, sagt Luna.

»Du kannst die drei Meter gehen.«
»Arm!!!«, sagt Luna, die plötzlich wieder so müde ist, dass sie sich wirklich nicht vorstellen kann, auch nur einen Meter zu gehen.
»Du bist sieben, irgendwann musst du das doch mal selbst schaffen«, sagt Papa.
»Ja, aber erst, wenn ich acht bin«, sagt Luna.

Papa schaut Luna an, als würde er überlegen, wann sie acht wird. Schließlich lächelt er und nimmt sie auf den Arm. Papa legt erst Luna in sein Bett, dann krabbelt er selbst hinterher – und dreht ihr den Rücken zu. Das findet Luna doof, und das hat sie ihm auch schon oft verboten.
»Erst noch kuscheln!«, sagt sie.
»Ach, mein Mausebär«, murmelt Papa, als sei er gar nicht mehr wach.
Er dreht sich zu ihr und nimmt sie in den Arm. Nach einer Minute, vielleicht auch nach zehn, dreht er sich wieder um. Na gut, denkt Luna und dreht sich ebenfalls um. Rücken an Rücken schlafen sie ein.
Wie immer.

FRÜHSTÜCKSCHAOS

Luna hat noch gar nicht richtig zu träumen begonnen, als Papas blöder Wecker piept. Irgendwann schmeißt sie den Wecker aus dem Fenster oder versteckt ihn einfach. Zum Beispiel im Eisschrank. Dort liegt auch Papas CD, die er früher oft und laut gehört hat. Aber eigentlich ist es ja auch toll, dass der Wecker piept. Denn bis Papa, der immer sofort aufsteht, »Frühstück« ruft, gehört Mama Luna ganz allein. Luna kuschelt sich zu ihr unter die Decke und schmiegt sich an sie.

»Guten Morgen, Schatz«, murmelt Mama.

Während Luna den Kopf an Mamas Brust drückt, stellt sie mal wieder fest, wie gemütlich sich das anfühlt. Im Gegensatz zu Papa, der lang und knochig ist, ist Mama weich wie ein Kissen. Und so stachelig wie Papa, der behaart wie ein Affe ist, ist sie auch nicht.

»Schatz, du kannst doch nicht jede Nacht nach Papa rufen. Irgendwann musst du doch auch mal durchschlafen«, sagt Mama und seufzt, als wenn es ganz schlimm wäre, dass Luna nachts immer zu ihnen ins Bett kommt.

Dabei kann sie doch nichts dafür, dass sie immer wach wird. Aber vielleicht schläft sie ja wirklich durch, sobald sie acht ist. In diesem Moment hört Luna Papas Stimme.
»Frühstück!«, ruft er.
Wie schade. Luna hat gerade erst angefangen mit Mama zu kuscheln. Und sie sieht sie doch nur morgens und abends ganz kurz. Sonst ist sie nie da, weil sie so viel arbeitet. Oft ist sie auch ein paar Tage und manchmal sogar eine ganze Woche nicht zu Hause, weil sie auf Dienstreise ist. Eigentlich hat sie nur am Wochenende wirklich Zeit für Luna. Wenn Mama ihr Handy nicht hätte, hätte sie allerdings noch mehr Zeit für sie. Denn Mama guckt schon morgens beim Frühstück aufs Handy, und auch am Wochenende hat sie es oft in der Hand.
Plötzlich kommt Luna eine Idee. Während Mama im Bad ist und Papa die Zeitung aus dem Briefkasten holt, nimmt Luna Mamas Handy, das neben ihrem Bett auf dem Boden liegt. Dann rennt Luna in die Küche, öffnet die Tür vom Eisschrank – und legt Mamas Handy in die unterste Schublade. Unter eine riesige Tüte Erbsen direkt neben Papas CD. Und da Luna schon mal gespuckt hat, nachdem sie zu viele Erbsen gegessen hat, liegt die riesige Tüte in hundert Jahren bestimmt immer noch im Eisschrank.
Als wenn nichts gewesen wäre, geht sie in ihr Zimmer. Sie überlegt, was sie anziehen soll, und das ist gar nicht so einfach. Denn Luna zieht immer nur das an, was ihr am besten gefällt. Und das ist jeden Tag etwas anderes.

Heute findet sie die rote Leggins mit dem rosa Prinzessinnen-Shirt, das Mama ihr aus Amerika mitgebracht hat, und den grünen Pulli mit dem Fliegenpilz drauf, am schönsten. Den hat Papa ihr geschenkt. Er hat früher oft »Fliegenpilz« zu Luna gesagt. Weil sie klein, niedlich, aber auch ziemlich giftig ist. Papa kommt manchmal auf eigenartige Ideen. Aber den Pulli findet sie trotzdem schön. Allerdings passt zum grünen Pulli besser die blaue Leggins. Luna nickt ihrem Spiegelbild zu ... und zieht noch mal alles aus.

»LUNA!«, ruft Papa.

»Ich ziehe mich noch an.«

Leider hat Papa nie Geduld. Nur wenn er an seinem Schreibtisch sitzt und seine Bücher schreibt, dann hat er Geduld. Damit Papa nicht zu meckern anfängt, zieht sie jetzt doch die Sachen an, die sie gerade erst wieder ausgezogen hat. Als Luna sich an den Tisch setzt, kann sie gar nicht glauben, was Papa macht: Er räumt schon ab! Das ist alles so gemein. So gemein, dass Luna zu weinen beginnt.

»Ach Schatz, komm, iss noch eine Schüssel Müsli«, sagt Mama.

Wer auch sonst. Mama ist zwar fast nie da, aber wenn sie da ist, ist sie lieb. Sie ist eigentlich das Gegenteil von Papa. Der ist immer da. Aber lieb, also lieb ist er nur manchmal. Luna schüttet Cornflakes in eine Schüssel, dann nimmt sie die Milchflasche und schenkt sich ein.

»Weiß jemand, wo mein Handy ist?«, fragt Mama.
»Wahrscheinlich irgendwo neben deinem Bett«, sagt Papa.
»Nein, da ist es nicht«, sagt Mama.
Luna hat Mama ängstlich angeguckt, als sie nach ihrem Handy gefragt hat. Und dabei hat sie gar nicht gemerkt, dass sie die ganze Zeit weiter Milch in die Müslischüssel geschüttet hat.
»STOPP!!!«, brüllt Papa so laut, dass Luna vor Schreck zusammenzuckt.
Zu spät. Die Schüssel ist übergelaufen, und Milch ist auf den Tisch geschwappt. Papa schüttelt den Kopf.
»LUNA! Kannst du nicht aufpassen?«, sagt er, und er sagt das so, als wäre ein bisschen Milch auf dem Tisch ein Weltuntergang.
Dabei muss er doch nur einmal rüberwischen, und schon ist die Milch weg. Und genau das tut er nun. Warum stellt er sich bloß immer so an und schreit herum, anstatt die Milch gleich wegzuwischen?
»Jetzt ist alles verkleckert, das esse ich nicht!«, sagt Luna.
Ist doch wahr! Wie soll Luna denn das Müsli essen, wenn die Schüssel randvoll mit Milch ist? Außerdem hat sie inzwischen viel mehr Lust auf ein Toastbrot.
Während Mama ihr Handy sucht, isst Luna eine Scheibe Toast mit Fleischwurst und Papa das Müsli. Er sieht nicht aus, als ob es ihm schmeckt. Er *muss* es ja auch nicht essen. Aber er sagt ja immer, dass man Essen nicht weg-

schmeißen darf. Inzwischen steht Mama wieder in der Küche. Ihre Jacke hat sie schon an.
»Wo kann mein Handy bloß sein?«, murmelt sie.
Dann gibt sie Luna einen Kuss.
»So Schatz, ich muss los. Winkst du mir nachher?«, sagt sie.
»Warum denn winken?«, fragt Luna.
»Ach, mein Schatz, hast du es etwa vergessen? Ich fliege doch heute nach Amerika.«
Stimmt, denkt Luna. Aber da Mama ja ständig irgendwohin fliegt, kann man das schon mal vergessen, findet sie. Mama guckt Luna traurig an. Luna überlegt kurz, ob sie jetzt nicht ein bisschen weinen sollte. Ach nö, denkt sie.
»Bringst du mir wieder ein schönes T-Shirt mit?«, fragt sie stattdessen.

IN DER SCHULE IST ES TOLL!

Luna geht gern in die Schule! Das liegt auch daran, dass Frau Rill immer noch ihre Klassenlehrerin ist, und das muss sie auch bleiben. Sie ist nicht viel größer als der größte Junge in ihrer Klasse, und das ist Fabian. Und sie sieht aus, als würde sie gern kochen und dann alles selbst aufessen. Sie hat einen Nasenring und wechselt ziemlich oft ihre Haarfarbe. Momenten hat sie blaue Haare. Luna würde ihre dunkelblonden Haare auch gern blau färben, und einen Nasenring hätte sie auch gern. Aber Papa und Mama haben ihr beides verboten.

Die zweite Klasse ist noch toller als die erste! Denn in der zweiten Klasse lernen sie endlich richtig schreiben. Luna weiß inzwischen, dass ein Nomen ein Wort ist, das man groß schreiben muss. Und sie weiß auch, dass ein Nomen ein Wort ist, das man zählen, sehen oder anfassen kann.

Wie zum Beispiel einen Hund. Oder einen Baum. Dass das Wort *Zeit* großgeschrieben wird, hat Luna gewundert. Aber dann hat sie darüber nachgedacht, und nun ver-

steht sie es: Die Zeit kann man zwar nicht anfassen, aber man kann sie zählen und sehen, und das ist sogar einfach. Man muss nur lange auf eine Uhr gucken und den Sekundenzeiger verfolgen. Dann sieht man, wie die Zeit verstreicht, und die Sekunden kann man zählen. Aber Luft kann man nun wirklich nicht zählen, sehen und anfassen. Und trotzdem wird das Wort großgeschrieben! Deshalb fragt sich Luna, ob es noch eine weitere Regel gibt, die sie vergessen hat.
In der zweiten Klasse lernen sie auch endlich, mit großen Zahlen zu rechnen. Zum Beispiel mit 87. 87 minus 10 ist 77, und 87 plus zehn ist 97. Solche Aufgaben rechnet sie schon ganz schnell. Allerdings hatte sie Probleme, als sie letzte Woche plötzlich 77 plus 14 rechnen sollte. Sie glaubt, dass bei dieser Aufgabe 95 rauskam.
Im Klassenraum hängen Fotos von jedem einzelnen Schüler, und auf einem Plakat stehen in Sprechblasen die Klassenregeln, die sie sich zusammen ausgedacht haben.

1. Ich melde mich, bevor ich spreche.
2. Ich höre den anderen zu.
3. Ich rede nicht mit meinem Nachbarn.
4. Ich schlage niemanden.
5. Ich bin nett zu den anderen.
6. Ich lache niemanden aus.
7. Ich gehe ordentlich mit Gegenständen um.
8. Ich kippele nicht mit dem Stuhl.

9. Ich renne nicht durch die Klasse.
10. Ich esse nur dann im Unterricht, wenn die Lehrerin es erlaubt.

Meistens hält Luna sich an die Regeln, und abgesehen von ein paar Sonderfällen tun das auch alle anderen in ihrer Klasse. Zu den Sonderfällen gehört Fabian! Fabian hält sich zum Beispiel nur an die Regeln 4 und 5, und das ist oft ziemlich lustig. Und Meret konnte schon in der ersten Klasse lesen, schreiben und rechnen, und deshalb langweilt Meret sich oft und kippelt ständig mit dem Stuhl. Und bei Noah ist es umgekehrt: Der kann immer noch nicht lesen, schreiben und rechnen, und da er nie etwas versteht, langweilt auch er sich und kippelt ständig mit dem Stuhl. Und Bülent, der isst gern und viel und fragt jedes Mal Frau Rill, ob er etwas essen darf. Frau Rill hat ihm schon oft erklärt, dass er nur essen darf, wenn jemand an seinem Geburtstag Kuchen mitgebracht hat. Trotzdem fragt er jeden Tag wieder.
Heute sollen sie sich zu jedem Buchstaben ein Tier überlegen.
»Wem fällt denn ein Tier ein, das mit A beginnt«, fragt Frau Rill.
Sie schaut in den Klassenraum und sieht aus, als erwarte sie, dass sich nun ganz viele melden. Aber an den vier Gruppentischen, um die herum jeweils sechs Schüler sitzen, regt sich nichts. Und Noah, der an einem Einzeltisch

sitzt, schaut aus, als habe er die Frage nicht genau verstanden.
»Na kommt schon. Wenn wir uns anstrengen, schaffen wir es heute noch, ein Tier-Alphabet zu erstellen.«
Fabian ist der Erste, der sich meldet. Und auch Meret hebt ihren Arm und guckt dabei gelangweilt aus dem Fenster. Sie kippelt nach hinten.
»Meret, Regel 8!«, sagt Frau Rill, und Meret hört auf zu kippeln.
Plötzlich fällt Luna etwas ein. Ihr Arm schießt in die Höhe, und weil sie will, dass Frau Rill sie bemerkt, schnipst sie mit den Fingern.
»Luna, so nicht!«
Sie ruft Fabian auf. Fabian freut sich.
»Ari«, sagt er.
»Ari?«
Frau Rill guckt so wie Noah, wenn er eine Matheaufgabe vorrechnen soll. Bülent lacht und wird ermahnt, weil niemand ausgelacht werden soll, und Luna wundert sich. Denn auch sie kennt kein Tier, das Ari heißt.
»Ari heißt die Katze unserer Nachbarn.«
Jetzt lachen alle, nur Frau Rill nicht. Sie nennt Fabian »Clown« und nimmt endlich Luna dran.
»Eisbär!«, sagt sie.
»Eisbär?«
Viele Schüler nicken und scheinen sich zu ärgern, weil sie nicht auf dieselbe Idee gekommen sind. Nur Meret schüt-

telt den Kopf und fängt wieder an zu kippeln. Luna soll das Wort an die Tafel schreiben, und das tut sie auch. Mit der Kreide, die so toll quietscht, schreibt sie in schiefen Buchstaben:

Aisber

Wieder nicken die Schüler mit Ausnahme von Meret.
»Das wird mit E geschrieben«, ruft sie in die Klasse.
»Meret, Regel 1! Aber ja, du hast recht«, sagt Frau Rill.
Ach so, denkt Luna, die sich enttäuscht auf ihren Platz setzt. Aber woher soll sie das denn auch wissen? Die Zeit vergeht, und als es klingelt, stehen an der Tafel folgende Wörter:

A – Affe
B – Bär
C – Chamäleon

Chamäleon? Also *das* Wort hat Luna noch nie gehört. Auf so ein Tier kommt natürlich nur Meret. Luna hatte Kamel vorgeschlagen, aber das wird anscheinend mit K geschrieben.

D – Dachs
E – Eisbär

Und darauf ist Luna stolz, denn das war ja ihr Einfall. In der kurzen Pause dürfen alle trinken. Nur Bülent trinkt nichts. Er nutzt die Zeit, um sich das erste von drei Brötchen reinzustopfen. Dann geht es schon weiter.

F – Fisch

Jetzt fragt Frau Rill nach einem Tier mit G.
»Wenn Fische im Meer sterben, was passiert dann eigentlich mit ihnen?«, ruft Fabian in die Klasse.
»Fabian, Regel 1! Und Fische werden meistens von großen Fischen gegessen«, sagt Frau Rill.
»Aber doch nicht immer. Mein Opa ist zum Beispiel gestorben, weil er so alt war. Was passiert denn, wenn ein Fisch stirbt, weil er alt ist? Und die großen Fische, die sterben ja auch irgendwann.«
Frau Rill sieht aus, als würde sie überlegen, und alle Kinder kriegen einen Schreck, als Noah etwas in die Klasse ruft.
»Unser Hund ist vor Kurzem gestorben. Den haben wir dann begraben.«
»Und bei uns ist die Katze gestorben, sie ist überfahren worden und … das war schrecklich … weil …«, ruft Leonie, bevor Frau Rill Noah auf Regel 1 hinweisen konnte.
Und nun kann Leonie nicht weitersprechen, weil sie ganz doll anfängt zu weinen. Vermutlich weist Frau Rill deshalb auch Leonie nicht auf Regel 1 hin.

»Das tut mir leid, Leonie. Aber irgendwann bekommst du bestimmt eine neue Katze«, sagt sie.
Daraufhin fängt Leonie noch doller an zu weinen. Sie schluchzt richtig, und Luna kann sich nicht vorstellen, dass sie jemals wieder aufhört zu weinen. Frau Rill sieht ziemlich unglücklich aus. Dann nimmt sie Leonie an die Hand und geht mit ihr vor die Tür.
Bülent fängt sofort an, sein zweites Brötchen zu essen, und Fabian zerknüllt Papier und versucht, von seinem Platz aus den Mülleimer zu treffen. Das versuchen dann alle bis auf Meret. Niemand trifft, und als Frau Rill wieder den Klassenraum betritt, liegen um den Mülleimer herum dreißig oder vielleicht sogar fünfzig Papierkügelchen.
»Euch kann man auch nicht *eine* Sekunde lang allein lassen!«, schreit sie, und bis auf Leonie müssen alle helfen aufzuräumen.
Auch Meret muss helfen, und das findet sie ungerecht, weil sie ja gar nicht mit Papierkügelchen geworfen hat.
»Das sage ich meinem Papa, der ruft dann bei dir an, Frau Rill«, sagt sie.
»Ich freue mich schon drauf«, sagt Frau Rill dazu, aber sie sieht nicht so aus, als ob das stimmt.
Dann ist die Stunde auch schon zu Ende. Schule ist einfach toll! Da ist es nie langweilig, und manchmal lernt man auch etwas.
Anschließend haben sie zwei Stunden Kunstunterricht. Sie sollen sie ein Herbstbild malen und verzieren. Dafür geht

die ganze Klasse mit Beuteln und Tüten in den Wald, der an den Pausenhof grenzt. Frau Rill sagt, sie sollen in Sichtweite bleiben und immer zu zweit oder zu dritt gehen. Luna sammelt mit Fabian und Leonie Blätter und kleine Äste, und Fabian findet ein glänzendes Alupapier, in dem ein benutztes Kaugummi eingewickelt ist.
»Igitt!«, sagt Leonie.
»Das hat doch nichts mit Herbst zu tun«, sagt Luna.
»Doch! Es ist ja gerade Herbst. Und irgendjemand hat das Kaugummi im Herbst weggeworfen.«
Darüber muss Luna eine Weile nachdenken.
»Kommt, lasst uns mal auf den Baum dort klettern!«, schlägt Fabian vor und zeigt auf einen Baum, der aussieht, als könnte man wirklich sehr gut an ihm hochklettern. Er hat gleich unten am Stamm dicke Äste, an denen man sich hochziehen kann.
»Das dürfen wir bestimmt nicht«, sagt Leonie.
Aber sie sieht aus, als hätte sie trotzdem große Lust, auf den Baum zu klettern. An ihre tote Katze scheint sie jedenfalls nicht mehr zu denken.
»Doch, wir sind dann doch in Sichtweite. Wir klettern ja nicht so hoch, dass Frau Rill uns nicht mehr sehen kann«, sagt Fabian.
Und da hat er recht! Luna und Leonie kommen nicht besonders hoch, weil sie selbst so klein sind. Aber der lange Fabian klettert immer höher, und Luna glaubt, dass er mindestens fünfzig Meter hochgeklettert ist.

»Seid ihr verrückt geworden?
KOMMT SOFORT DA RUNTER!«,
brüllt Frau Rill, als sie in ihre Richtung guckt.
Richtig wütend ist sie auf Luna, Fabian und Leonie, die wieder anfängt zu weinen. Luna hat Angst, dass sie jetzt alle bestraft werden und zum Beispiel nicht mehr am

Kunstunterricht teilnehmen dürfen. Doch plötzlich lächelt Frau Rill alle drei an.
»Ach, so schlimm war es nun auch wieder nicht. Heutzutage klettern Kinder viel zu selten auf Bäume. Aber jetzt kommt, wir gehen zurück«, sagt sie.
Frau Rill ist wirklich die tollste Lehrerin, die es gibt! Denn das findet Luna auch: Eigentlich sollte es ein Unterrichtsfach geben, in dem geübt wird, auf Bäume zu klettern. Als wieder alle im Klassenraum sind, beginnen sie sofort mit ihren Herbstbildern. Leonie klebt auf ihr Bild mehrere Äste und drumherum Blätter. Und Luna staunt, weil ihr Bild wirklich wie ein Wald aussieht. Fabian malt ein Segelboot mit einem Blatt als Segel. Auf seinem Bild scheint die Sonne, und damit sie schön glänzt, klebt er das Alupapier mit dem Kaugummi drin in die Mitte der Sonne. Man sieht sonst nur das Meer, den blauen Himmel und das Segelboot. Luna wundert sich, weil das Bild nicht so viel mit Herbst zu tun hat. Aber da es Fabians Bild ist, kann ihr das ja egal sein. Luna selbst malt gar nichts, sondern sie klebt auf ihr weißes Blatt so viele Blätter und Äste, bis kein Weiß mehr zu sehen ist. Das Bild soll ihren Garten zeigen. Dort liegen momentan nämlich eine Million Blätter. Wahrscheinlich sogar viel mehr, aber eine höhere Zahl kennt sie nicht. Am Ende der Stunde sollen sie dem Bild einen Titel geben. Leonie schreibt auf die Rückseite:

der Zauberwalt

Und Fabian schreibt mit einem schwarzen Stift in die Sonne:

das Bod

Ob das richtig ist, weiß Luna nicht, denn Fabian und Leonie haben Frau Rill nicht gefragt. Mit Frau Rills Hilfe schreibt Luna, die auf dem Bild vor lauter Blättern keinen Platz mehr hat, auf die Rückseite den Titel:

PAPA MAG NICHT IM GARTEN ARBEITEN,
UND DESHALB LIEGEN SO VIELE BLÄTTER RUM!!!

Frau Rill findet den Titel zu lang, aber sie kann ja selbst ein Herbstbild malen oder basteln und ihrem Bild dann einen anderen Titel geben. Luna findet den Titel schon deshalb super, weil er stimmt! Denn wenn Papa etwas gar nicht mag, dann ist es Gartenarbeit. Mama wiederum arbeitet gern im Garten, aber sie hat nie Zeit.
Zum Mittagessen gibt es Schnitzel und Erbsen. Die Erbsen isst Luna nicht, weil sie von Erbsen ja schon mal gespuckt hat. Aber ihr Bauch tut trotzdem weh, weil sie an die Erbsen im Eisschrank denken muss und sich fragt, ob man Mamas Handy und Papas CD wohl noch benutzen könnte, wenn Luna sie heute Abend rausholt. Aber da vor

allem Mamas Handy im Eisschrank besser aufgehoben ist als in der Nähe von Mama, beschließt sie, Mamas Handy und die CD dort zu lassen, wo sie sind. Papa hat sich sowieso nur ein einziges Mal darüber gewundert, dass er die CD nicht gefunden hat. Vielleicht lag das auch daran, dass Papa seine Sachen oft nicht findet. Vielleicht hat es ihn aber auch wirklich nicht gestört. Und ganz vielleicht stimmt sogar beides.

An einem normalen Tag holt Papa Luna um vier ab. Und dass heute kein normaler Tag ist, hat Luna vergessen, weil sie gerade mit Fabian begonnen hat, eine Legostadt aus ungefähr zehntausend Teilen zu bauen.

LUNA MUSS IM ZUG AUFS KLO

Plötzlich steht Papa im Legoraum.

»Hey … wir müssen los!«, sagt er.

»Wie spät ist es denn?«, fragt Luna, die einen richtigen Schreck bekommen hat.

»Es ist viertel nach drei.«

»Viel zu früh! Ich gehe jetzt noch nicht mit«, sagt sie und bemüht sich dabei so zu klingen, dass Papa gar nicht erst versucht, sie zu überreden.

Denn Luna hat sich einen anderen Plan für den Nachmittag ausgedacht.

»Ich gehe heute zu Fabian«, sagt sie.

Hilft aber alles nichts.

»Luna, wir treffen uns gleich mit Mama am Bahnhof. Sie kommt direkt von der Arbeit und wartet auf uns«, sagt Papa.

Stimmt. Das hatte Luna vollkommen vergessen. Kurze Zeit später sitzt sie im Bus, anstatt mit Fabian die Legostadt zu bauen. Am Bahnhof wartet Mama auf Gleis 1, und als Luna Mama sieht, vergisst sie Fabian und die

Legostadt. Sie läuft auf Mama zu und springt ihr in die Arme. Mama hält sie ganz fest und drückt ihr einen Kuss auf die Wange.
»Ach, mein Schatz! Ich freue mich ja so, dass du mich zum Flughafen bringst.«
Dann lächelt sie Papa an.
»Na Schatz, alles klar?«, fragt sie, und Papa nickt.
Luna findet es sonderbar, dass Mama zu ihr und auch zu Papa Schatz sagt. Aber meistens weiß Luna, wen Mama meint.
»Hast du mein Handy gefunden?«, fragt Mama.
Papa schüttelt den Kopf, und Luna denkt: Zum Glück! Und sie denkt auch: Hoffentlich finden Papa und Mama das Handy nie.
»Hast du denn auch wirklich gesucht?«, fragt Mama, und auch dieses Mal nickt Papa.
»Natürlich. Aber es ist verschwunden. Wie meine CD, die seit einem halben Jahr weg ist.«
Damit hat Luna nicht gerechnet! Sie dachte, dass Papa seine CD längst vergessen hat. Hoffentlich beschließen Papa und Mama nicht irgendwann, gemeinsam zu suchen. Denn dann könnten sie Mamas Handy UND die CD finden, und das wäre ganz schrecklich. Aber eigentlich glaubt Luna, dass Papa gar keine Lust hat, irgendetwas zu suchen. Der will ja immer nur lesen oder an seinem Schreibtisch sitzen und seine langweiligen Bücher für Erwachsene schreiben.

Endlich kommt der Zug. Sonst hätten Papa und Mama noch weiter davon geredet. Sie fahren in die nächste, größere Stadt, in der es auch einen Flughafen gibt.
»Weißt du, was Fabian und ich heute in der Schule gemacht haben?«, fragt Luna Mama.
»Was denn?«, fragt Mama.
Aber Mama guckt Luna dabei gar nicht an. Luna kann nicht glauben, wohin Mama stattdessen guckt! Aber sie täuscht sich nicht. Mama guckt – auf ein Handy! Das gibt es doch nicht!
»Ich dachte, dein Handy ist weg«, sagt Luna.
»Mein eigenes Handy ist ja auch weg. Das hier ist mein Diensthandy, das ich zu Hause nur selten benutze.«
Damit hat Luna nicht gerechnet. Wie viele Handys hat Mama denn?
»Ich erzähle erst weiter, wenn du das Handy weglegst«, sagt Luna.
»Kurz vor meinem Abflug muss ich manchmal draufgucken, Schatz«, sagt Mama.
»Dann hätte ich ja nach der Schule doch zu Fabian gehen können«, sagt Luna.
Mama seufzt.
»Du hast ja recht«, sagt sie und steckt das Handy in ihre Tasche.
Während Luna davon erzählt, wie sie mit Fabian angefangen hat, eine Stadt aus Lego zu bauen, spürt Luna plötzlich einen unangenehmen Druck im Bauch.

Und Pipi machen muss sie auch. Luna weiß, dass weder Papa noch Mama glücklich sind, wenn sie auf so kurzen Strecken aufs Klo muss. Deshalb spricht Luna einfach weiter … aber es nützt nichts. Wenn sie jetzt nicht geht, macht sie sich gleich in die Hose. Sie muss sogar so dringend, dass sie nicht mehr weitersprechen kann.
»Was hast du denn?«, fragt Mama und guckt Luna besorgt an.
»Musst du aufs Klo?«, fragt Papa.
Luna nickt. Papa und Mama schauen gleichzeitig auf die Uhr.
»Hältst du es ganz bestimmt nicht mehr aus? In zehn Minuten sind wir da und können sofort ein Klo suchen«, sagt Mama.
Luna schüttelt den Kopf. Sie hat gerade das Gefühl, es nicht mal mehr eine Sekunde auszuhalten.
»Beeilt euch. In zehn Minuten kommen wir an, und ich MUSS aussteigen«, sagt Mama.
»Na dann mal los, Mausebär!«, sagt Papa und nimmt sie an die Hand.
Sie laufen durch den Zug, in dem es nur eine Toilette gibt. Und die ist besetzt!
»Mist«, zischt Papa.
Luna sagt nichts. Sie hat einen Kloß im Hals und muss sich anstrengen, um nicht in Tränen auszubrechen. Gerade als sie das Gefühl hat, dass sie sich in die Hose machen wird, öffnet sich die Tür und eine ältere Dame kommt heraus.

Endlich! Als Luna fertig ist, geht es ihr besser. Es geht ihr sogar richtig gut. Jedenfalls so lange, bis sie merkt, dass das Klopapier alle ist.
Was soll sie denn jetzt machen?
In diesem Moment wird der Zug langsamer. Papa guckt wieder auf seine Uhr, kramt in seiner Hosentasche und reicht Luna ein Taschentuch nach dem anderen. Luna schluchzt, weil sie Angst hat, es nicht mehr zu schaffen.
»Ganz ruhig Mausebär. Selbst wenn wir es nicht schaffen, geht die Welt nicht unter«, sagt Papa und streichelt ihr einmal über den Kopf.
Inzwischen steht der Zug. Luna beginnt nun richtig zu weinen.
»Lass uns gleich hier aussteigen«, sagt Papa.
Bevor die Türen wieder zufallen, springen sie aus dem Zug.
Geschafft!
Weinend rennt Luna Mama in die Arme, und Mama schimpft zum Glück nicht, sondern drückt Luna ganz fest an sich.

TSCHÜSS, MAMA

Luna bringt Mama gern zum Flughafen, denn in einer Flughafenhalle ist es schrecklich aufregend.

»Warte mal kurz, ich kaufe mir eine Zeitung. Bleib genau hier stehen!«, sagt Papa zu Luna, während Mama den Koffer abgibt.

Dabei guckt er Luna an, als wäre sie dumm. Das mag Luna gar nicht. Dann geht er zu einem Zeitungsladen. Nach zehn Sekunden, vielleicht auch erst nach fünf Minuten, wird Luna das Warten allerdings zu langweilig. Sie geht Papa hinterher, ohne dass er es merkt, und findet im Zeitungsladen sofort das, was sie sucht. Und das sind: Stickerhefte! Solche Hefte mag sie, und in diesem Laden gibt es besonders viele. Prinzessinnen, Superstars und Balletttänzerinnen kann man anziehen, in einen Wald oder auf eine Wiese oder ins Meer kann man Tiere kleben, und natürlich gibt es auch das Stickerheft zum Flughafen. Luna blättert das Flughafenheft durch und entscheidet, dass sie das unbedingt haben muss. Und sie hat auch schon eine Idee, wer es ihr kaufen könnte.

Papa! Doch Papa ist nicht mehr im Laden. Luna legt das Heft zurück und geht dahin, wo sie warten sollte.
Aber dort ist auch niemand!
Als sie weder Papa noch Mama am Schalter stehen sieht, spürt Luna, wie ihr Herz schneller zu pochen beginnt, und ihr Bauch zieht sich ganz komisch zusammen. Wo sind sie bloß? Haben sie Luna etwa vergessen?
Während ihr Tränen die Wangen herunterlaufen, rennt sie zum Schalter, hinter dem eine Frau steht. Sie ist jünger als Mama und hat ganz rote Lippen und langes schwarzes Haar.
»Was hast du denn, Püppchen?«, fragt sie.
»Meine Eltern sind weg. Gerade waren sie noch hier … ich bin allein … ich …«, sagt Luna mit zittriger Stimme.
Mehr schafft sie nicht. Denn sie beginnt richtig doll zu weinen, so wie vorhin im Zug. Dabei weint sie doch eigentlich nur ganz selten.
»Deine Eltern sind ganz bestimmt nicht weg«, sagt die Frau und ruft dem Mann, der am Schalter nebenan sitzt, etwas zu. Dann schaut sie Luna an und lächelt.
»So, komm mal mit mir!«
Sie reicht ihr die Hand, und Luna nimmt sie. Eigentlich soll sie ja nicht mit fremden Menschen mitgehen, aber Luna glaubt, dass das in diesem Fall nicht schlimm ist.
»Wie heißt du denn?«, fragt die Frau.
»Luna. Und wie heißt du?«
»Frieda. Wohin fliegt ihr denn?«, fragt sie.

»Nur meine Mama fliegt weg, nach Amerika.«
»Macht sie da Urlaub?«
»Nein, sie arbeitet da. Sie fliegt oft irgendwohin um zu arbeiten.«
»Ach so«, sagt die Frau, die keine weiteren Fragen stellt. Jetzt muss Luna fast ein bisschen lachen, und das ist gar nicht so leicht, weil sie ja immer noch weint. Aber sie findet es einfach lustig, dass fast alle »Ach so« sagen, wenn sie erzählt, dass Mama zum Arbeiten nach Amerika fliegt. Und mindestens genauso lustig findet sie, dass kaum jemand fragt, was sie dort macht. Allerdings ist das auch gut so, denn Luna könnte es nicht erklären, weil sie es gar nicht so richtig versteht. Und manchmal glaubt sie, dass Papa das auch nicht versteht.
Sie fahren eine Rolltreppe hoch, und Luna hat das Gefühl, dass alle Menschen sie angucken. Aber das ist ihr egal. Hauptsache, sie findet Papa und Mama wieder. Frieda geht mit Luna an der Hand auf eine Tür zu, über der ein langes Wort steht:

INFORMATION

Frieda klingelt. Sofort summt es, und die Tür geht auf. Luna staunt, als sie den Raum betritt. Aus einem riesigen Fenster kann man in die ganze Flughafenhalle gucken. Vor dem Fenster sitzt ein Mann, der nur noch wenige und ganz weiße Haare hat und eine graue Uniform trägt.

»Na, wen haben wir denn da? Du suchst bestimmt deine Eltern, oder?«, fragt er.
Luna nickt und fragt sich, woher der Mann das weiß.
»Das ist Luna, vielleicht machst du einfach eine Durchsage. Ich muss jetzt wieder los. Und keine Sorge, Luna. Es wird alles gut werden!«, sagt Frieda, die Luna zum Abschied über den Kopf streichelt.
Der Mann spricht nun in ein Mikrofon.
»Die Eltern der kleinen Luna werden gebeten, zur Information zu kommen.«
Und dann sagt er noch, wo die Information ist. Luna ist erleichtert, weil sie keine Angst mehr hat. Allerdings hat sie noch immer ein mulmiges Gefühl im Bauch. Was werden Papa und Mama wohl sagen? Werden sie sehr böse sein?
»Da sind sie!«, ruft Luna.
Vom Fenster aus sieht sie Mama und Papa auf der Rolltreppe. Als es klingelt, darf Luna die Tür öffnen.
»Ach, Schatz ...«, sagt Mama und nimmt sie in den Arm. Aber erst, als sie auf Papas Arm ist und ihre Arme um seinen Hals geschlungen hat, weiß sie, dass nun nichts mehr passieren kann.
»Was war denn los?«, fragt Mama, und Luna kann gar nicht so schnell reden, wie sie alles erzählen möchte.
Mama hat nur noch ihre Handtasche und einen kleinen Rucksack dabei. Obwohl sie erst in einer Stunde fliegt, muss sie nun in einen Bereich, in den nur die Leute mit einem Flugticket dürfen.

Sie gibt Luna einen dicken, langen Kuss auf die Wange.
»Wenn ich wiederkomme, gehen wir in die Oper. In *Die Zauberflöte*, und ich freue mich schon darauf.«
Luna sagt dazu nichts. Denn sie weiß nicht, ob auch sie sich darauf freuen soll oder eher nicht. Mama hat ihr erklärt, dass in einer Oper die ganze Zeit gesungen wird, und das stellt sie sich nicht so spannend vor. Da geht sie lieber ins Kino.
»Und sei lieb zu Papa!«
Diesen Hinweis kann sie sich sparen, weil sie immer lieb zu Papa ist. Er ist allerdings nicht immer lieb zu ihr, findet sie.
»Such bitte mein Handy. Irgendwo muss es ja sein. Und vielleicht findest du ja auch deine CD wieder«, sagt Mama zu Papa.
Papa lächelt, aber Luna glaubt, dass er sich dafür ziemlich anstrengen muss. Und Mama hat ihm noch mehr zu sagen.
»Ach ja, in den letzten Tagen sind viele Blätter gefallen. Wäre schön, wenn du sie zusammenkehren könntest. Und vielleicht könntest du in der Küche auch mal einen Blick auf den Wasserhahn werfen. Der tropft.«
Jetzt versucht Papa nicht mal mehr zu lächeln.
»Du machst das schon«, sagt Mama und gibt ihm einen Kuss auf den Mund.
Das findet Luna immer ein wenig ekelig. Dass Eltern ihre Kinder küssen, das gehört sich so. Aber dass sich Eltern

küssen, muss wirklich nicht sein. Erst recht nicht auf den Mund.
Kurze Zeit später stehen Luna und Papa auf der Aussichtsterrasse. Gerade als Luna beobachtet, wie eine große Maschine startet, klingelt Papas Handy, mit dem man nur telefonieren kann.
»Mama sitzt in dem Flugzeug da hinten«, sagt er, als er sein Handy wieder einsteckt.
Er zeigt auf eine Maschine, die gerade von einem Auto, das aussieht wie ein Löschfahrzeug der Feuerwehr, in Richtung Startbahn gezogen wird. Luna ist ganz aufgeregt. Mamas Maschine nimmt Fahrt auf – und schon wenige Sekunden später hebt sie ab und die Räder werden eingefahren. Luna und Papa winken, und Luna hofft, dass Mama zurückwinkt. Jetzt ist das Flugzeug nur noch ein Punkt am Himmel. Dann sieht man es gar nicht mehr.
»Tschüss, Mama«, flüstert Luna. Aber sie kommt ja zurück, denkt sie, bevor sie so richtig traurig werden kann. Und meistens bringt sie ein tolles Geschenk mit.
Abends liegen Luna und Papa gemeinsam auf dem Hochbett, und zuerst liest Luna Papa vor. Das Buch hat große Buchstaben, und viele Wörter werden durch eine Zeichnung ersetzt. Es geht um eine Fee, die in einem Wald lebt und zaubern kann. Dann liest Papa Luna vor.
»Lesen ist wie eine Reise in eine andere Welt. Und wenn man vorliest, ist das so, als wenn man zusammen reist!«, hat Papa früher oft zu Luna gesagt.

Momentan reisen sie gemeinsam mit Jim Knopf, Lukas, dem Lokomotivführer, und der Lokomotive Emma übers Meer. Papa macht immer eine Pause, sobald auf einer Seite ein Bild ist. Das Bild gucken sie sich genau an, und gemeinsam überlegen sie, zu welcher Textstelle es passt.
»So, das war's«, sagt Papa irgendwann.
Viel zu früh, findet Luna.
»Noch eine Seite!«
»Nein, Luna, es ist schon spät.«
»Bitte!«
»Nein!«
»Aber noch einen Satz!«
»Nein!«
»Bitte-bitte-bitte!«
Papa lacht. Und dann liest er noch zwei Seiten.
Wie immer.

BEIM TAE-KWON-DO DARF MAN SCHREIEN!

Einen Tag später fahren Luna und Papa direkt nach der Schule zum Tae-Kwon-Do. Das ist ein Kampfsport, und Papa findet, dass ein Kampfsport gut zu Luna passt. Warum, das hat Luna nicht verstanden. Aber das ist ja auch egal. Ihr macht es jedenfalls Spaß, und das ist für sie die Hauptsache.
Sie nehmen erst den Bus und fahren dann fünf Stationen mit der Schwebebahn. Die Schwebebahn ist wie eine umgedrehte Eisenbahn. Sie fährt nicht auf Gleisen, sondern sie *hängt* an Gleisen und saust durch die Luft und sieht dabei aus wie eine Riesenschlange. Deshalb muss man an den Schwebebahnstationen immer viele Treppenstufen heraufgehen, um in die Schwebebahn einsteigen zu können. Luna findet es nie langweilig, mit der Schwebebahn zu fahren. Am spannendsten ist das Ein- und Aussteigen, weil die Schwebebahn immer ein wenig wackelt. Und wenn man einen guten Platz hat und rausgucken kann, dann schaut man fast die ganze Zeit auf den Fluss runter, der durch die Stadt fließt, und sieht manchmal

einen Fischreiher. Also einen Vogel, der mit einem F beginnt. Luna hat mal gehört, dass irgendwann vor langer Zeit ein Elefant aus der Schwebebahn gefallen sein soll, aber ob das stimmt, weiß sie nicht. Vorstellen kann sie es sich jedenfalls nicht.
»So, du gehst dich jetzt einfach mal allein in der Umkleidekabine umziehen. Und zwar in der Umkleidekabine für Mädchen«, sagt Papa, als sie vor der Turnhalle stehen.
»Aber warum denn?«, fragt Luna.
»Weil du langsam groß wirst, und wenn ich mitgehe, dann können wir nur in die Umkleidekabine für Jungen gehen.«
»Das stört mich nicht.«
»Aber vielleicht stört es ein paar Jungs, wenn ein fast achtjähriges Mädchen bei ihnen in der Umkleidekabine herumläuft.«
Luna findet, dass es nur Nachteile hat, wenn man älter und größer wird. Denn jedes Mal, wenn Papa oder Mama sagen, dass sie »fast acht« oder »groß« ist, dann heißt das, dass sie irgendetwas nicht mehr tun darf oder plötzlich etwas tun muss.
Aber so schlimm ist es gar nicht, sich allein in der Mädchenumkleidekabine umzuziehen. Und Papa hätte ruhig mitkommen können. Denn Luna ist ganz allein, weil die anderen Kinder alle direkt im Tae-Kwon-Do-Anzug zur Turnhalle gefahren und anschließend im Tae-Kwon-Do-Anzug auch wieder abgeholt werden. Die meisten von ih-

nen wissen wahrscheinlich gar nicht, dass es in der Turnhalle Kabinen für Mädchen und Jungen gibt, in denen man sich umziehen kann.
Papa setzt sich auf eine Bank, auf der sechs Mütter und ein weiterer Vater sitzen, die alle ihre Handys in der Hand haben und darauf herumwischen. Vielleicht gibt Luna den anderen Kindern mal einen Tipp, wo sie die Handys ihrer Eltern verschwinden lassen könnten.
Aber eigentlich ist Papa auch nicht besser. Er spielt zwar nicht mit seinem Handy herum, weil man das mit seinem Handy nicht kann. Aber er nimmt aus seiner Umhängetasche, ohne die er das Haus nie verlässt, einen Block und beginnt zu schreiben. Wahrscheinlich schreibt er sich wieder etwas auf, um eines seiner langweiligen Bücher zu schreiben, das dann später nur ein paar Erwachsene lesen.
Die Eltern schauen nur auf, als sie der Trainer, der Horst heißt, begrüßt. Horst hat wie die acht Kinder ebenfalls einen weißen Tae-Kwon-Do-Anzug an, aber nicht wie sie einen weißen, sondern einen schwarzen Gürtel um. Bald sind Prüfungen, und Luna will mitmachen. Wenn sie besteht, darf sie sich einen weißen Gürtel mit gelber Spitze oder gleich einen ganz gelben Gürtel umbinden. Und natürlich wird sie bestehen!
Horst ist noch älter als Papa, hat eine Glatze und eine tiefe Stimme. Er ist lieb und lustig, wenn die Kinder alle das tun, was er sagt. Und wenn sie nicht tun, was er sagt,

dann motzt er schlimmer als Papa am Frühstückstisch, wenn Luna nicht aufisst. Manchmal schickt er ein Kind auch auf die Bank. Jonas sitzt dort zum Beispiel bestimmt die Hälfte des Trainings, weil er nie tut, was Horst sagt. Trotzdem kommt er immer wieder. Vielleicht sitzt er ja gern auf der Bank und guckt zu.

Endlich beginnt das Training. Sie sollen sich alle in eine Reihe aufstellen und begrüßen. Im Tae-Kwon-Do begrüßt man sich, indem man sich verbeugt. Am Anfang fand Luna das komisch, jetzt findet sie es ganz normal. Fast hätte sie vor Kurzem sogar Frau Rill so begrüßt. Anschließend laufen sie durch die Halle.

»Nicht in den Spiegel schauen!«, ruft Horst, als alle schon losgerannt sind.

Das ist gar nicht so einfach, denn der Spiegel ist so groß wie eine ganze Wand. Luna bemüht sich, auf ihre Füße zu gucken, und stößt fast mit Jonas zusammen, der nicht läuft, sondern steht. Er schaut in Richtung Spiegel und streckt seinem Spiegelbild die Zunge raus. Kurz überlegt Luna, ob sie das Horst sagen soll. Aber sie ist ja keine Petze. In diesem Augenblick sieht Horst es selbst.

»JONAS! AUF DIE BANK!«, brüllt er.

Das ging schneller als sonst, denkt Luna. Als sie sich in einen Kreis stellen und Dehnübungen machen, darf Jonas wieder dazukommen. Sie sollen mit durchgestreckten Beinen mit den Fingern den Boden berühren. Luna schafft es sogar, ihre ganze Handfläche auf den Boden zu

drücken. Jonas schafft das auch. Er geht dafür allerdings in die Hocke und muss deswegen wieder auf die Bank.
Dann sollen sie schreien üben. Das macht besonders viel Spaß. Horst erklärt ihnen, warum das Schreien so wichtig ist.
»Schreien ist Leben und Energie. Das war übrigens auch das Erste, was ihr gemacht habt, als ihr aus Mamas Bauch gekommen seid.«
Horst lacht, und die meisten Kinder und auch einige Eltern lachen mit. Luna lacht nicht, weil sie sich daran nicht erinnert und deshalb nicht weiß, ob sie auch geschrien hat, als sie aus Mamas Bauch gekommen ist. Und Papa, der lacht auch nicht. Der schreibt und bekommt nichts mit. Aber das wird sich gleich ändern. Denn nun beginnen sie auf Kommando zu schreien, und auch Jonas darf wieder mitmachen.
»Und eins!«, ruft Horst.
»Ahhh!«
Daraufhin sagt er das, was er immer sagt.
»Das war alles?«
Dabei hält er seine Hände hinter seine Ohren, was auch Frau Rill macht, wenn sie jemanden nicht versteht.
»Und zwei!«
»AHHH!!!«
»Das geht lauter! Und drei!«
»AHHHHHH!!!«
»Das war super. Und vier!«

Jedes Mal werden sie lauter, und inzwischen gucken alle Eltern zu ihren Kindern. Nur Papa nicht. Der kratzt sich am Kinn, als würde er seine Bartstoppeln zählen. Das macht er immer dann, wenn er überlegt. Nun scheint ihm etwas eingefallen zu sein, denn er schreibt etwas auf. Luna glaubt, dass sogar die Turnhalle abbrennen könnte, und Papa würde es nicht merken. Vor Wut schreit Luna immer lauter. Aber Papa guckt einfach nicht.

Nun sollen sie sich zu zweit einander gegenüberstellen. Die vier Mädchen sollen sich jeweils einen Jungen aussuchen, und da Jonas gerade neben Luna steht, sucht sie sich Jonas aus.
»Wir üben jetzt einen Tritt. Ihr sollt mit dem hinteren Bein seitlich treten und den Gegner auf Höhe des Bauchnabels mit dem Spann treffen. Ich mache das jetzt mal mit jemandem vor. Ihr selbst dürft euch natürlich nicht wirklich treffen, aber mich dürft ihr richtig treten. Wer hat denn Lust dazu?«, fragt Horst.
Vier Kinder melden sich, darunter auch Luna. Horst ruft eins nach dem anderen auf und stellt sich so hin, dass man ihn seitlich auf seinen Po treten kann.
»Das ist dann ja ungefähr Bauchhöhe für euch«, sagt er und lacht.
Auch die Eltern lachen, und – ein Wunder ist geschehen: Papa guckt in Lunas Richtung. Er kratzt sich nicht am Kinn und denkt über etwas nach. Und er schreibt auch nicht. Stattdessen lächelt er sie an. Endlich!
Die ersten drei Kinder treten Horst, und jedes Mal lacht Horst.
»Ihr sollt so treten, dass ich es *spüre*. So würdet ihr ja nicht mal eine Mücke verletzten! Luna, du bist dran!«, sagt er.
Endlich! Sie stellt sich vor Horst hin – und tritt zu. Es macht:
KLATSCH!

Leider hat Luna nicht den Po getroffen, sondern nur den Oberschenkel. Aber Luna glaubt, dass das nicht so wichtig ist. Horst starrt sie mit unbeweglicher Miene an. Luna weiß nicht genau, ob er findet, dass auch sie nicht hart genug getreten hat. Aber das scheint nicht der Fall zu sein.
»Ja ... kräftig war das«, sagt Horst.
Und dabei lächelt er nicht, und das ist etwas Besonderes, weil er fast immer lächelt. Den Rest des Trainings humpelt Horst und sieht erleichtert aus, als das Training vorbei ist. Er hat auch nicht mehr so gut aufgepasst. Denn er hat nicht gemerkt, dass Jonas immer sofort weggelaufen ist, wenn Luna ausgeholt hat.
»Was war denn mit Horst los?«, fragt Luna, als sie wieder in der Schwebebahn sitzen.
»Na ja, du hast gut getroffen«, sagt Papa.
»Aber dann hätte Horst doch glücklich sein müssen. Das sollte ich ja auch.«
Papa lacht. Luna versteht zwar nicht warum, aber sie mag es, wenn Papa lacht.
»Was gibt es denn heute Abend zu essen?«, fragt Luna.
»Das muss ich mir noch überlegen«, sagt Papa.
Da Papa gut gelaunt ist, hofft Luna, dass es wieder ihr Lieblingsgericht gibt.

BEI PAPA GIBT ES MEISTENS SPAGHETTI

»Was hältst du davon, wenn es heute Spaghetti gibt?«, fragt Papa, als sie wieder zu Hause sind.
Die Frage ist wirklich blöd. Denn Spaghetti sind Lunas Lieblingsgericht. Und mit Butter und Parmesan schmecken sie am allerbesten! Am zweitliebsten mag sie Nudeln mit Butter und Parmesan, am drittliebsten Spätzle mit Butter und ganz viel zerlaufenem Käse, am viertliebsten Tortellini mit Käsefüllung, und auch die Tortellini schmecken besonders gut mit Butter und Parmesan, und am fünftliebsten Pizza.
»Au ja!«, sagt sie.
»Hilfst du mir?«
»Au ja!«, sagt sie wieder.
Papa erklärt ihr, wie man Spaghetti kocht, und das findet sie viel spannender, als wenn er ihr Mathe erklärt. Zuerst kommt ganz viel Wasser in einen großen Topf. Den Topf muss Papa allerdings selbst auf den Herd stellen, denn mit dem Wasser ist der Topf für Luna zu schwer. Anschließend soll sie auf einen Teelöffel Salz anhäufen,

und das Salz kommt ins Wasser. Genauso wie drei Esslöffel Öl. Luna hat Papa schon manchmal beobachtet, wie er Essen zubereitet. Sie ist sich ziemlich sicher, dass er nie etwas abmisst. Aber sobald sie richtig gut Spaghetti kochen kann, muss sie ja vielleicht auch nichts mehr abmessen. Jetzt muss noch ein Schalter an der Herdplatte auf 9 gedreht werden, also auf die höchste Stufe.

Anschließend warten sie, bis das Wasser sprudelt. Als es so weit ist, soll Luna eine ganze Packung Spaghetti in den Topf schütten.

»Ist das nicht zu viel?«, fragt sie.

»Nein, den Rest braten wir uns morgen an. Ich muss nur noch irgendein Gemüse dazu kaufen. Wir haben gerade nichts ...«

Plötzlich sagt Papa nichts mehr. Stattdessen kratzt er sich am Kinn.

»Aber warte mal, wir haben ja noch die Erbsen«, sagt er.

Luna wird plötzlich eiskalt, und das liegt nicht daran, dass Papa den Eisschrank öffnet. In diesem Moment zischt es.

»Papa! Das Wasser kocht über!«

Und das stimmt auch. Der Kochtopf hat sich in einen kleinen Vulkan verwandelt. Der Deckel wird in die Höhe gedrückt, und sprudelndes Wasser läuft an mehreren Stellen am Topf herunter. Das sieht toll aus, aber das Tollste ist, dass Papa sofort den Eisschrank zumacht und den Topf von der Herdplatte nimmt.

»Papa, mir ist doch mal von Erbsen schlecht geworden.«
»Ich weiß. Die Spaghetti sind eh schon fertig, und die Erbsen halten noch viele Jahre.«
Und das ist auch gut so, denkt Luna.
»Okay, dann gibt es heute Spaghetti mit Butter und Parmesan.«
Luna strahlt! Fünf Minuten später essen sie, und weil Mama nicht da ist, legen sie sich die Butter in extragroßen Scheiben auf die Spaghetti.
»Ich muss jetzt noch ein bisschen arbeiten. Beschäftigst du dich allein? Ich komme dann zum Vorlesen«, sagt Papa nach dem Essen.
Allein beschäftigen ist aber blöd, findet Luna.
»Wollen wir nicht lieber Verstecken spielen?«, schlägt sie vor.
Papa kratzt sich am Bart, bevor er einen eigenen Vorschlag macht.
»Jetzt ist es sieben. Um halb acht spielen wir kurz Verstecken. Und dann liest du mir vor. Okay?«
Na gut. Von sieben bis halb acht ist nicht ganz so lang wie eine Schulstunde, und Schulstunden vergehen immer sehr schnell. Luna geht in ihr Zimmer und überlegt, was sie tun könnte. Dann fällt ihr etwas ein. Da Papa so gern Zeitung liest, bastelt sie ihm eine. Sie nimmt sich etwas dickeres Papier und faltet es in der Mitte. Das macht sie mit vielen Papierbögen. Anschließend klebt sie sie so zusammen, dass man richtig blättern kann.

In die Ecken schreibt sie die Seitenzahlen. Und vorne auf die erste Seite schreibt sie in großen Buchstaben:

TIRLÄKSIKON

Genau. Das, was sie bastelt, ist keine Zeitung, sondern ein Tierlexikon. Sie guckt in viele Zeitschriften, die Papa und Mama ihr für Zugfahrten gekauft haben, und in fast jeder Zeitung findet sie etwas über Tiere. Gleich im ersten Heft steht etwas über Wölfe. Und zwar vier Seiten lang, und auf jeder Seite sind Fotos. Am süßesten findet sie das Foto, auf dem ein Wolfsbaby zu sehen ist. Sie liest die Texte unter den Fotos und ist stolz, dass sie alles versteht. Sie lernt dabei sogar etwas. Dass Wölfe in Familien leben, wusste sie nämlich nicht. Luna ist ein bisschen traurig, weil sogar die Wolfskinder alle Geschwister haben. Manchmal glaubt sie, dass nur sie keine Geschwister hat. Aber vielleicht ändert sich das ja noch. Sie schneidet eines der Bilder aus und schreibt über das Bild das Wort:

Wölfe

Erst jetzt merkt sie, dass das Wort *Wölfe* gar nicht mit dem Buchstaben *A* anfängt. Und in einem Lexikon muss man doch eigentlich mit einem *A* anfangen. Egal, ich bin ja nicht in der Schule, denkt sie und macht einfach weiter. Aus dem Heft schreibt sie den Satz ab:

Wölfe leben in richtigen Familien zusammen.
Wölfe essen nicht nur Fleisch, sondern auch Früchte.

Nachdem Luna den Satz abgeschrieben hat, wundert sie sich. Denn »Essen« kann man doch sehen und anfassen. Aber im Heft wird »essen« klein geschrieben. Also lässt sie es stehen, denn wenn es in so einem Heft steht, muss es ja richtig sein. Dann nimmt sie sich das nächste Heft, und nach und nach findet sie Fotos und Informationen zu folgenden Tieren: Strauße, Geparde, Steinböcke, Waschbären, Belugas, Luchse, Füchse, Schnee-Leoparden, Wachbären, Seesterne, Borstenhörnchen, und Luna kann es kaum glauben: In einem Heft geht es um Chamäleons!

Sie ist gerade dabei, einen Text unter das Bild eines Chamäleons zu schreiben, als es an ihrer Tür klopft. Neuerdings klopft Papa immer erst, bevor er die Tür aufmacht, was Luna super findet. Vielleicht liegt das daran, dass sie groß und bald acht wird. Das wäre endlich mal ein Vorteil, größer und älter zu werden.
»Ja!«, sagt sie, weil Papa das auch immer sagt, wenn sie an seiner Tür klopft.
Aber meistens vergisst sie anzuklopfen und stürmt einfach in sein Zimmer. Papa macht die Tür auf.
»Luna, weißt du, wie spät es ist?«, fragt er und guckt, als wäre etwas Schlimmes passiert.
Luna zuckt die Achseln. Sie kann zwar schon die Uhr lesen, aber in ihrem Zimmer hat sie noch keine.
»Es ist halb neun«, sagt Papa.
Und das, das ist wirklich schlimm. Denn um halb neun hören sie immer auf mit dem Vorlesen, und Luna soll schlafen. Allerdings kann sie nichts dafür, dass Papa die ganze Zeit nicht gekommen ist. Wenn er in seinem Arbeitszimmer sitzt, dann vergisst er oft die Zeit.
»Wir spielen aber trotzdem Verstecken!«, sagt Luna mit strengem Tonfall.
»Es ist halb neun!« Nun ist Luna richtig wütend.
»Aber da kann *ich* doch nichts für. Daran bist du schuld!«
»Manchmal habe ich den Eindruck, dass du nur einen Papa hast, weil du jemanden zum Ausschimpfen brauchst«, sagt Papa.

»Das stimmt nicht. Außerdem hätte ich lieber einen Papa, den ich nicht ständig ausschimpfen muss.«
Papa seufzt. Dann nickt er und Luna glaubt, dass sogar ein Lächeln über sein Gesicht gehuscht ist.
»Du fängst an zu zählen«, sagt sie.
Papa stellt sich in den Flur und beginnt laut zu zählen. Luna überlegt, wo sie sich verstecken könnte. Dann hat sie eine Idee. Sie macht sich ganz klein und verbuddelt sich im Wohnzimmer unter dem Berg nicht zusammengelegter Wäsche.
Wenn Mama nicht da ist, legt Papa nie Wäsche zusammen. Sie liegt dann immer auf dem Sofa, und Luna hat sogar schon mal beobachtet, wie Papa sich aus diesem Berg ein frisches T-Shirt geholt hat. Erst kurz bevor Mama wiederkommt, legt er die Wäsche zusammen und ist dabei immer schlecht gelaunt. Um sich zu verstecken, ist so ein Wäscheberg ziemlich toll, und Papa findet sie auch nicht. Ihr wird immer wärmer, und als Papa beginnt zu rufen, sagt sie »Piep«.
Plötzlich spürt sie eine Hand an ihrem Rücken. Sie hat Angst, dass Papa böse ist, weil er so lange gebraucht hat. Aber zum Glück lacht er nur.
»Jetzt aber ab ins Bett!«, sagt er.
»So ein Quatsch, jetzt musst *du* dich noch verstecken. Und wehe, du gibst dir keine Mühe!«
Bevor Papa etwas sagen kann, beginnt sie an Ort und Stelle bedeckt von Wäsche laut bis dreißig zu zählen.

Dann sucht sie. Erst in seinem Arbeitszimmer. Aber dort ist er nicht. Im Schlafzimmer und ihrem Zimmer guckt sie unter die Bettdecken und in die Schränke, obwohl Papa für die Schränke eigentlich viel zu groß ist. In der Küche gibt es kaum Platz, und im Wohnzimmer gibt es zwar viel Platz, aber verstecken kann man sich nur hinter dem Vorhang. Und da ist er nicht. Wo ist denn Papa bloß? Sie beginnt noch mal von vorn, und irgendwann bekommt sie ein bisschen Angst.
»Papa?«, ruft sie.
Von irgendwoher macht es leise Piep.
»PAPA!«, ruft sie erneut.
»Piep!«
Dieses Mal hat sie es deutlicher gehört. Hat er sich etwa auf dem Balkon versteckt? Ja, das hat er wirklich! Und schon wieder muss sie ihn ausschimpfen, denn natürlich weiß Papa, dass er sich nicht auf dem Balkon verstecken darf! Aber Papa lacht nur darüber.
Es ist viertel vor neun, als sie mit dem Vorlesen beginnen. Nachdem Luna ihm kurz vorgelesen hat, liest Papa genauso lange vor wie sonst. Manchmal ist er ja doch ziemlich lieb.
»Gute Nacht, Mausebär«, sagt er, als er fertig ist.
»Gute Nacht, Papa«, sagt Luna.
Und noch während sie darüber nachdenkt, wie schön der Tag gewesen ist, schläft sie ein.

DER TIERFRIEDHOF

Als Papa um Punkt vier kommt, um Luna von der Schule abzuholen, rennt Luna ihm entgegen.
»Darf Fabian mit zu uns kommen? Fabians Papa ist einverstanden«, sagt sie.
Fabians Vater steht neben Fabian und sieht aus wie ein Riese. Er trägt ein schwarzrot kariertes Hemd aus sehr dickem Stoff und eine blaue, weite Hose mit vielen großen Taschen. In einer Tasche steckt ein Zollstock. Er hat eine Glatze und auf dem Hals eine Tätowierung. Einen großen Adler. Luna überlegt, ob sie ihm sagen soll, dass Papa Tätowierungen albern findet, aber dann lässt sie es doch. Papa schüttelt den Kopf.
»Wir müssen einkaufen gehen. Ihr könnt euch aber gern für einen anderen Tag verabreden.«
Daraufhin umringen Luna und Fabian Papa.
»BITTE! BITTE! BITTE!«, rufen sie im Chor.
Aber Papa bleibt stur und schüttelt wieder den Kopf. Das ist so gemein, findet Luna, weil Papa schließlich ständig sagt, dass man »bitte« sagen muss. Aber warum soll man

das denn tun, wenn es sowieso nichts nützt? Fabians Papa lacht.
»Also, ich habe nichts dagegen. Und das nächste Mal kann ich die beiden ja mitnehmen.«
Papa sieht aus, als würde er überlegen. Dann nickt er. Na endlich! Warum denn nicht gleich so?
»Gut, dann gehen wir halt morgen einkaufen. Aber den Garten, den muss ich heute machen.«
»Das ist doch kein Problem. Dabei könnt ihr ja helfen«, sagt Fabians Vater, und Fabian und Luna nicken, obwohl sich Luna nicht sicher ist, ob sie dazu Lust hat.
Luna ist soo glücklich, dass Fabian mitkommt. Denn sie mag Fabian. Vor allem, weil er ständig verrückte Ideen hat. Gleich auf dem Nachhauseweg hat Fabian eine ganz besonders verrückte Idee. Auf dem Weg liegt eine tote Maus, und die nimmt Fabian einfach mit. Papa, der vor ihnen geht, merkt nicht, wie Fabian die tote Maus in seine Brotdose legt, in der sein Salamibrötchen war. Dafür hat er die Maus einfach am Schwanz angefasst und hochgehoben.
»Bäääähhhhh!!!«
Luna ekelt sich. Aber sie muss auch ein wenig kichern, und irgendwie kann sie es gar nicht erwarten, die Maus noch einmal auszupacken. Zu Hause gehen sie sofort in den Garten. Papa harkt Laub zusammen, und Luna und Fabian helfen ihm. Luna nimmt den Kinderrechen und Fabian die Kinderharke.

»Wollen wir nicht lieber schaukeln?«, fragt Fabian nach ungefähr einer Minute.
Luna nickt, und dort, wo sie stehen, lassen sie einfach den Rechen und die Harke fallen und rennen los. Kaum sitzen sie auf der Schaukel, hat Fabian eine neue Idee.
»Lass uns einen Tierfriedhof machen!«
Wieder nickt Luna. Neben einem Rhododendronbusch graben sie mit ihren Händen ein kleines Loch und verbuddeln die tote Maus. Fabian sucht einen Grabstein, und als er einen länglichen Stein gefunden hat, stellt er ihn aufrecht aufs Grab. Luna verziert das Grab mit leuchtend roten Blättern, und Fabian legt mit Grashalmen das Wort MAUS genau vor den Grabstein. Ein schöneres Grab hat Luna noch nie gesehen, und Fabian vermutlich auch nicht, denn er guckt das Grab lang an und sagt eine Weile nichts.
»Das ist schöner, als auf der Straße zu liegen«, sagt Luna irgendwann.
»Stimmt! Und auch eine Maus muss richtig begraben werden«, sagt Fabian.
»Hier können wir ab jetzt alle toten Tiere vergraben, die wir finden«, schlägt Luna vor und hofft, dass sie nicht irgendwann einen toten Schäferhund finden. Denn wie sie den begraben sollen, das weiß sie nicht. In diesem Moment geht Papa in die Wohnung, um Müllsäcke zu suchen, die er im Keller nicht gefunden hat.
»Wollen wir fangen spielen?«, fragt Fabian, während Papa sucht.

Luna nickt und freut sich darüber, dass Papa die Blätter zu mehreren Haufen gestapelt hat. Denn als Fabian auf sie zugelaufen kommt, nimmt sie davon eine Handvoll und wirft sie ihm ins Gesicht. Fabian lacht, greift sich ebenfalls eine Handvoll und – *WUSCH!* – landet eine Ladung Blätter auch in Lunas Gesicht. Sofort folgen die nächsten Würfe, und das macht riesengroßen Spaß.

Plötzlich reißt irgendjemand Luna von hinten hoch, hält sie wie einen Baumstamm über den Kopf und lässt sie fallen. Luna schreit auf, aber bevor sie auf dem Boden landet, wird sie wieder aufgefangen.

Papa! Fabian lacht, als Papa Luna in einen Blätterberg wirft.

»Auf ihn!«, ruft Luna, während sie sich aufrappelt.

Und schon springen Luna und Fabian auf Papa, und Luna hat den Eindruck, dass das Papa viel mehr Spaß macht, als die Blätter zusammenzukehren.

Dann wird Fabian viel zu früh von seinem Vater abgeholt. Fabians Vater lacht, als Papa ihm alles erzahlt.

»Da hätte ich gern mitgemacht. Der Garten ist ja super. Gehört der euch?«, sagt er.

Papa erklärt, dass der Garten zur Erdgeschosswohnung gehört und dass er und Mama sich deshalb auch allein um ihn kümmern müssen.

»Was machst du eigentlich beruflich«, fragt Fabians Vater Papa.

»Ich schreibe Bücher und Artikel für Zeitungen.«

»Wow! Bücher schreiben. Also das könnte ich nicht.«
»Deshalb ist Papa immer zu Hause!«, sagt Luna.
»Ist das nicht schön?«, fragt Fabians Vater.
Bevor Luna antwortet, denkt sie kurz nach, um nichts Falsches zu sagen. Denn sie weiß nicht, ob sie es schön findet, dass Papa wirklich *immer* da ist. Aber richtig schlimm findet sie es auch nicht. Sie hat sich daran gewöhnt.
»Manchmal«, sagt sie.
Fabians Vater und sogar Papa lachen.
»Also ich würde mich freuen, wenn mein Papa häufiger zu Hause wäre«, sagt Fabian.
»Was machst du denn beruflich?«, fragt Papa Fabians Vater.
»Ich habe einen kleinen Handwerksbetrieb. Meine Frau macht den ganzen Schreibkram, und ich und mein Bruder kümmern uns um das Handwerkliche. Spezialisiert sind wir auf Küchen.«
»Auf Küchen! Könntest du vielleicht kurz einen Blick auf unseren Wasserhahn ...«
Papa kann den Satz gar nicht zu Ende sprechen, denn Fabians Vater unterbricht ihn.
»Kein Problem!«
Mit einem Werkzeug, das Fabians Vater einfach aus seiner Tasche geholt hat, in der auch der Zollstock ist, schraubt er ein wenig am Wasserhahn herum, während Papa, Luna und Fabian zugucken.

»Wartet mal, ich hole schnell was aus dem Auto«, sagt er. Wenige Minuten später ist er wieder da, und nachdem er noch kurz an dem Wasserhahn herumgefummelt hat, macht er ihn an und aus.
»Läuft ohne zu tropfen!«
»Also das hätte ich nie hinbekommen. Was bekommst du dafür?«, fragt Papa.
»Nichts.«
»Aber wenn wir noch Pizza bestellen, isst du mit, oder?«
Fabians Vater nickt, und so wie er dabei guckt, hat er sogar richtig Hunger auf Pizza.
»Ich kehre die Blätter noch schnell zusammen«, sagt Papa, nachdem er beim Pizzaservice angerufen hat.
»Ich bin dabei!«, sagt Fabians Vater.
»Ich auch!«, rufen Luna und Fabian wie aus einem Mund, und gemeinsam geht alles ganz schnell.
Schließlich kommt die Pizza, und jeder probiert von jedem, und es ist einfach ein tolles Gemampfe. Luna freut sich für Papa, der selten so gut gelaunt ist.
Kurz nachdem Fabian und sein Vater gegangen sind, klingelt das Telefon. Mama! Bei ihr ist es Morgen, aber warum bei ihr eine andere Uhrzeit als bei ihnen ist, versteht Luna nicht. Papa hat es ihr schon oft erklärt. Es hat irgendetwas damit zu tun, dass sich die Erde dreht. Zumindest das hat Luna behalten. Luna erzählt Mama, was sie in der Schule und am Nachmittag erlebt haben. Dann will Papa mit Mama telefonieren.

»Darf ich noch mal in den Garten und schaukeln?«, fragt Luna.

Papa nickt und Luna grinst. Denn als sie den Kinderrechen und die Kinderharke zurückgebracht hat, hat sie auf einer Ablage im Keller ein tolles Messer zum Aufklappen gesehen. Und nun will sie ausprobieren, was man mit so einem Messer alles machen kann …

IN DER NOTAUFNAHME

Luna holt das Messer aus dem Keller und geht von dort direkt in den Garten. Zuerst sucht sie einen Stock, der so lang ist wie ihr eigener Arm, aber nur so dick wie Papas Daumen. Sie klappt das Messer auf, hält den Stock mit der einen Hand fest und setzt das Messer mit der anderen Hand an.

Schade, dass ich keinen kleinen Bruder habe, denkt sie. Einem kleinen Bruder könnte sie nämlich zeigen, wie man das Messer aufklappt und von einem Ast Rinde absäbelt.

»Das macht man so«, sagt sie, als wurde sie es tatsächlich einem kleinen Bruder erklären.

Sie drückt die Klinge gegen den Ast und zieht das Messer in ihre Richtung. Die Rinde löst sich, und das Messer flutscht nach oben, als wäre der Ast ein weiches Stück Butter. Sie spürt einen heftigen Schmerz, als hätte ihr jemand mit einem Hammer auf den Daumen geschlagen. Als Nächstes sieht sie, wie Blut aus einem großen Schnitt an ihrem Daumen fließt.

Es tut schrecklich weh, aber der Gedanke an Papa, der ihr nie erlaubt hätte, mit einem Messer zu schnitzen, der tut viel doller weh. Was soll sie denn jetzt machen?
Da es nicht aufhört zu bluten, hat sie leider nur eine Möglichkeit: Sie rennt die Treppen hoch, stürzt in die Wohnung und hofft, dass Papa nicht schimpft.
Papa sitzt in der Küche. Er hat aufgehört zu telefonieren und blättert in der Zeitung, die er sich auf dem Flughafen gekauft hat. Jetzt wird er besonders böse sein, weil Luna ihm vom Lesen abhält. Luna schluchzt und zeigt Papa die Wunde. Papa legt die Zeitung sofort weg und sagt nicht einmal, dass er den Artikel noch zu Ende lesen möchte.
»Wir gucken uns das mal an, Mausebär«, sagt er mit ungewöhnlich lieber Stimme.
Während er Lunas Daumen untersucht, erzählt Luna, was passiert ist, und vor lauter Aufregung erzählt sie einfach die Wahrheit.
»Hm«, macht Papa.
Mehr nicht. Immerhin scheint er nicht sehr böse zu sein, sondern höchstens ein bisschen. Er hält ihre Hand in die Höhe und führt Luna so zum Bad. Dort sprüht er irgendetwas, was brennt, auf die Wunde, die noch immer blutet, und guckt sich den Schnitt noch einmal genau an. Auch Luna, die längst zu weinen aufgehört hat, guckt hin und bekommt einen Schreck.
Der Schnitt ist fast so lang wie ein Barthaar von der toten Maus, die sie heute vergraben haben. Die Haut wellt sich

auf beiden Seiten nach hinten, sodass die Wunde aussieht wie ein kleiner Mund.
Papa drückt die Wunde zusammen und klebt ein Pflaster über den Schnitt, ehe er einen Verband um die ganze Hand wickelt.
»Hält das?«, fragt Luna.
»Nein, die Wunde muss genäht werden.«

»Genäht?«, fragt Luna und beginnt wieder zu weinen. Denn sie ist ja nicht dumm. »Genäht« bedeutet »Krankenhaus«. Papa gibt ihr einen Kuss auf die Wange und streichelt ihr über den Kopf.
»So etwas kann passieren, Mausebär. Und der Daumen ist ja noch dran, also alles halb so wild. Aber das nächste Mal fragst du einfach, bevor du mit einem Messer spielst.«
Luna nickt. Inzwischen glaubt sie, dass das mit dem Sich-in-den-Daumen-Schneiden trotz allem eine ziemlich gute Idee war. Denn Papa vergisst gerade seine Zeitung und ist ausschließlich für Luna da. Das ist er sonst nur beim Vorlesen. Na ja, und beim Versteckspielen. Und nachts, wenn er sie zu sich ins Bett holt. Und auch wenn er nachmittags mit ihr etwas spielt, zum Beispiel *Uno, Mensch ärgere dich nicht* oder eines ihrer vielen Lieblingsquartette. Und wenn er mit ihr puzzelt, dann eigentlich auch. Und ja, wenn er mit ihr gemeinsam Lego aufbaut, dann ist er auch nur für sie da. Und manchmal gehen sie auch in den Zoo, und im Zoo macht er nichts anderes, als mit ihr gemeinsam Tiere anzugucken. Und hin und wieder gehen sie sogar in die Schwimmhalle, und da tobt er viel mit ihr. Aber sonst ist er wirklich nie für sie da.
Jetzt ruft er ein Taxi, das sie in die Notaufnahme des nächstgelegenen Krankenhauses bringt. Während sie im Taxi sitzen, denkt Luna darüber nach, dass niemand aus ihrer Klasse so selten Auto fährt wie sie. Aber mit einem Taxi ist wahrscheinlich Luna am häufigsten gefahren!

Dann sind sie auch schon da. Während Papa mit einem Mann hinter einem Schalter spricht und ein Formular ausfüllt, guckt Luna sich alles genau an. Schließlich dürfen sie sich setzen. Luna wundert sich, denn sie sitzen nicht in einem Wartezimmer, sondern in einem Flur gleich neben einer Tür, auf der ein langes Wort steht.
»B-E-H-A-N-D-L-U-N-G-S-R-A-U-M-E-I-N-S«, liest sie.
Sie fragt sich, wo Behandlungsraum zwei ist, denn den sieht sie nicht. Spielzeug gibt es leider nicht, sondern nur Stühle. Auf einem der Stühle sitzt ein Mann, dessen rechter Fuß in einer Tüte steckt. Eine Frau, die so alt wie Mama sein könnte, sitzt Luna gegenüber. Die eine Gesichtshälfte sieht nicht mehr wirklich nach einem Gesicht aus, sondern eher nach einer Pizza, findet Luna. In diesem Moment wird eine Trage reingeschoben, auf der ein Mann liegt, dessen ganzes Gesicht wie eine Pizza aussieht! In beiden Nasenlöchern steckt Watte, und die Augen sind zugeschwollen.
»Was ist denn mit dem passiert?«, fragt Luna.
Papa, der noch immer Fragen beantwortet, blickt auf.
»Der hat sich mit jemandem gestritten«, sagt er.
Das versteht Luna nicht. Sie streitet sich doch ganz oft mit Papa. Aber so wie der Mann auf der Trage hat danach noch keiner von beiden ausgesehen. Endlich kommt eine Ärztin. Sie ist viel jünger als Papa, hat ihre langen roten Haare zum Zopf gebunden und tausend Sommersprossen im Gesicht.

Sie sieht ein bisschen aus wie eine erwachsene Pippi Langstrumpf. Nur die Kleidung passt nicht. Denn die Ärztin, die Luna anlächelt, trägt einen weißen Kittel und eine weiße Hose und sogar weiße Schuhe.
»Na, was ist dir denn passiert?«, fragt sie.
Bevor Luna etwas sagen kann, hat die Ärztin sowohl den Verband als auch das Pflaster abgemacht. Sie wirft einen Blick auf den Schnitt, aus dem es nicht mehr blutet.
»Das muss genäht werden. Wir rufen dich auf. Es ist aber viel los heute. Deshalb kann es ein wenig dauern.«
Sie nimmt den Zettel, den Papa ausgefüllt hat, und geht wieder. Erst jetzt fällt Luna auf, dass weder sie noch Papa etwas gesagt haben. So schnell ging das alles.
Papa fragt, ob er ihr vorlesen soll – denn natürlich hat er daran gedacht, *Jim Knopf* einzustecken. Papa vergisst zwar oft aufzuräumen, aber an Bücher und an seine Zeitung denkt er immer.
Luna schüttelt den Kopf. Sie beobachtet lieber, weil es in der Notaufnahme so viel zu sehen gibt. Auch das ist ein Grund, warum es in ihren Augen eine gute Idee war, sich in den Finger geschnitten zu haben. Zuerst wird der Mann mit dem Pizzagesicht ins Behandlungszimmer geschoben. Dann die Frau mit dem halben Pizzagesicht, anschließend der Mann mit dem Fuß in der Tüte.
»Sie hätten dich ruhig als Erste drannehmen können«, sagt Papa.
»Genau, ich habe morgen schließlich Schule.«

»Du gehst morgen doch nicht in die Schule.«
»Aber du willst doch arbeiten«, sagt Luna und meint das ernst.
Papa sitzt nämlich immer an seinem Schreibtisch und arbeitet an seinen komischen Büchern, wenn er Zeit hat und wenn er keine Zeitung liest.
»Nein, morgen bin ich nur für dich da, mein Mausebär«, sagt Papa.
Noch während Luna sich darüber freut, werden sie aufgerufen. Im Behandlungsraum soll Luna sich auf ein Bett setzen. Die sommersprossige Ärztin pikt Luna einmal in den Daumen, und das tut gar nicht weh. Schon einen Augenblick später wird der Daumen ganz taub. Nachdem die Ärztin die Wunde gereinigt hat, beginnt sie zu nähen. Luna guckt zu, und sie weiß nicht, ob sie schon jemals etwas so Aufregendes gesehen hat. Sie kann einfach nicht glauben, dass die Ärztin mit einer Nadel durch ihre Haut sticht und Luna nichts spürt. Dann bekommt sie einen Verband und anschließend dürfen sie nach Hause fahren. Das findet Luna schade, weil inzwischen zwei Männer und eine Frau mit anderen Verletzungen im Flur sitzen und sie noch gern weiter beobachtet hätte.
Abends bleibt Papa lange bei Luna liegen. Und obwohl es so spät ist, hat er ihr sogar vorgelesen. So lieb war Papa noch nie zu ihr. Als Papa aufstehen will, sagt Luna:
»Es ist doch bestimmt schon spät, oder?«
Papa nickt.

»Wenn es sowieso schon so spät ist, kann ich dann nicht schon jetzt zu dir?«, fragt Luna.
Papa schaut sie an und wirkt nicht ganz so begeistert, wie Luna es gehofft hat.
»Ich gehe auch noch einmal aufs Klo!«, sagt sie.
Papa lächelt, zumindest ein bisschen. Und wieder nickt er.
»Aber nimm ausnahmsweise Lilli mit, ich komme erst später.«
Das war ein schöner Tag, denkt Luna, als sie mit Lilli im Arm in Papas Bett liegt. Sie überlegt kurz, ob sie Papa rufen soll, um ihm zu erzählen, wo seine CD und Mamas Handy sind. Aber das macht sie doch lieber nicht. Denn so ein Handy wie Mama hat, das ist ganz teuer, glaubt Luna. Und Luna kann nicht mal sagen, dass sie es aus Versehen in den Eisschrank gelegt hat.
Nein, Luna ist fest entschlossen, nie davon zu erzählen.

PAPAS GESCHICHTEN

Am nächsten Tag sind Papa und Luna den ganzen Tag zu Hause.

»Gehen wir heute denn einkaufen?«, fragt Luna.

»Nein, du muss dich erholen«, sagt Papa.

Irgendwie hat Luna den Eindruck, dass das Papa sogar gut passt. Denn einkaufen gehen mag er fast so wenig wie aufräumen oder putzen.

»Darf ich den Verband Gertrud zeigen?«, fragt Luna nach dem Frühstück.

Gertrud wohnt über ihnen und ist 99 Jahre alt. Papa nickt.

»Aber klingel nur ein einziges Mal. Wenn sie gerade nicht aufmachen will, kommst du wieder runter.«

Das weiß Luna doch! Sie nimmt ein Puzzle mit einer Prinzessin drauf mit, geht die Treppen rauf und klingelt an Gertruds Tür. Und dann wartet sie. Sie wartet lange. Gerade als sie wieder gehen möchte, hört sie Schritte, und die Tür geht auf. Luna glaubt, dass Gertrud wieder ein bisschen kleiner geworden ist. Gertrud, die sich auf einen Rollator stützt, guckt sie durch eine sehr dicke Brille an. Was ein Rollator ist, weiß Luna erst, seit Gertrud ihr ihren gezeigt hat. Einmal durfte sie ihn auch schon durch die Wohnung schieben, und ein anderes Mal durfte sie sich draufsetzen. Wenn Luna 99 ist, dann möchte sie auch einen Rollator haben.

»Ach, mein Lunachen«, sagt sie und strahlt.

Sie ist die Einzige, die »Lunachen« zu ihr sagt. Aber Gertrud darf das auch!

»Hallo, ich wollte dir meinen Verband zeigen!«, sagt Luna und bemüht sich darum, laut und deutlich zu sprechen, weil Gertrud nicht so gut hört.

»Ohhhhhh, zeig mal her. Komm doch rein.«

Luna nickt und betritt Gertruds Wohnung, in der ganz viele eingerahmte Fotos an den Wänden hängen. Fotos in schwarz-weiß von Gertruds Eltern, die schon lange tot sind, und Fotos in Farbe von ihren fünf Kindern, von denen nur noch drei leben, von ihren sechzehn Enkeln und inzwischen achtundzwanzig Urenkeln.

Luna weiß das alles so genau, weil Gertrud ihr bei jedem Besuch alle die Fotos zeigt und erklärt, wer darauf zu sehen ist.

Nachdem Gertrud ihr auch dieses Mal die Fotos gezeigt und erklärt hat, wer darauf zu sehen ist, setzen sie sich hin und puzzeln. Das ist mit Gertrud lustig, weil sie dafür eine Lupe benutzt. Irgendwann klingelt es, und Luna hört, wie jemand die Tür aufschließt.

»Das ist Irina!«, sagt Gertrud.

Irina hilft Gertrud. Und immer, wenn Irina kommt, muss Luna gehen. Sie packt das Puzzle, von dem sie nur den Rand geschafft haben, wieder ein.
»Na, was habt ihr gemacht?«, fragt Papa, als er Luna einen Augenblick später die Tür öffnet.
Luna erzählt es ihm.
»Und du, was hast du gemacht?«, fragt sie.
Papa hat die Zeit, in der Luna bei Gertrud war, genutzt um zu arbeiten. Das war ja klar. Jetzt sitzt er wieder am Schreibtisch und schreibt, aber Luna darf zugucken.
»Schreibst du wieder ein langweiliges Buch für Erwachsene?«, fragt sie.
»Meine Bücher für Erwachsene sind doch nicht langweilig!«, sagt Papa und lacht.
»Aber gerade schreibe ich gar kein Buch für Erwachsene, sondern ich schreibe ein Kapitel eines Kinderbuchs.«
Luna kommt aus dem Staunen gar nicht mehr heraus. Warum hat Papa ihr das denn nicht früher erzählt? Dabei kann sie ihm doch helfen. Schließlich ist sie ein Kind. Und Kinder wissen am besten, was Kinder spannend finden. Das ist doch logisch.
»Echt? Und worum geht es?«, fragt sie.
»Um ein Mädchen und ihren großen Bruder. In dem Kapitel, an dem ich gerade schreibe, sind sie mit ihren Eltern in einem Wald. Das Mädchen ist so alt wie du und der Bruder ist zehn und ...«
»Ich will auch einen Bruder haben.«

»Das weiß ich doch«, sagt Papa.
Aber ob Luna irgendwann noch mal einen Bruder bekommt, sagt er nicht.
»Wie heißen die beiden Kinder?«, fragt Luna.
»Hannes und Hannah.«
»Und was passiert im Wald?«
»Noch sind sie einfach bloß wandern. Die Mutter will aber umkehren, weil ein Gewitter aufzieht. Und während die Eltern sich zu streiten beginnen, gehen Hannes und Hannah ein Stück weiter. Jetzt gerade stehen sie an einer Weggabelung ...«
In Lunas Vorstellung steht sie selbst gerade mit Fabian an der Weggabelung.
»Hannah könnte ja etwas sehen, zum Beispiel einen Fliegenpilz. Und dann geht sie hin und beugt sich runter, und Hannes folgt ihr«, sagt sie.
»Ja, warum nicht, und der Fliegenpilz steht nicht am Wegesrand, sondern ein Stück im Wald ...«
»Genau. Und Hannes sieht ein Reh im Wald ...«
»Gute Idee!«
Jetzt ist es Papa, der aufgeregt klingt. Er beginnt zu tippen. Seine Hände fliegen geradezu über die Tastatur, und Luna sieht, wie auf dem Bildschirm Buchstaben, Wörter und ganze Sätze entstehen.
»So, die beiden haben versucht, sich an das Reh heranzuschleichen, aber das Reh ist weggehüpft ...«
Kein Problem, denkt Luna, die schon eine neue Idee hat.

»Noch tiefer im Wald steht ein Hochsitz, und da rennen die beiden hin. Hannes hilft Hannah beim Raufklettern ...«
Papa unterbricht sie.
»Genau, und eine Sprosse bricht. Hannah stürzt, aber Hannes kann sie festhalten und zieht sie hoch. Jetzt sitzen sie auf dem Hochsitz. Sie suchen das Reh und ...«
Diesmal unterbricht Luna Papa. Denn sie weiß schon, wie es weitergehen könnte.
»Sie sehen das Reh zwar nicht, aber dann entdecken sie einige andere Tiere, zum Beispiel ein Eichhörnchen, und dann beginnt es zu regnen, und ein Gewitter beginnt mit Blitzen und Donner ...«
»Aber ein Blitz schlägt doch dort ein, wo es am höchsten ist. Dann ist ein Hochsitz eigentlich keine gute Wahl«, sagt Papa, aber Luna hat den Wald mit Hochsitz ganz genau vor Augen.
»Der Hochsitz steht ja nicht auf einer Wiese, sondern mitten im Wald. Und um den Hochsitz herum stehen Bäume!«
Papa nickt und schreibt noch ein paar Sätze dazu. Luna denkt daran, wie toll sie es immer findet, wenn sie ein Gewitter beobachtet. Hoffentlich gibt es bald mal wieder eins.
Papas Augen leuchten inzwischen richtig.
»Die beiden Kinder haben Angst und klammern sich aneinander. Dann hören sie Rufe. Ihre Eltern suchen und finden sie ...«, sagt er.
Das findet Luna nicht gut.

»Ach nö. Meinetwegen hören Hannes und Hannah die Rufe, aber sie schaffen es nicht, im Regen herunterzuklettern. Und die Eltern hören sie nicht, weil es gerade besonders stark donnert.«
Papa nickt und tippt, während Luna weitererzählt.
»Hannah hat ganz doll Angst, und Hannes auch. Aber Hannes versucht trotzdem, seine Schwester zu beschützen. Und dann hört das Gewitter auf.«
Papa tippt so schnell, als hätte er Angst, irgendetwas zu vergessen. Gemeinsam denken sie sich noch aus, wie die Kinder vom Hochsitz herunterklettern. Und wie sie dann ihren Eltern, die sich unter dem Hochsitz vor dem Gewitter geschützt haben, in die Arme fallen. Sie sind alle nass und frieren, aber sie sind auch glücklich, sich wiedergefunden zu haben …
Am Nachmittag liest Papa Luna das ganze Kapitel noch einmal vor. Und während er es vorliest, hat Luna das Gefühl, selbst im Wald zu sein.
»Aber zu dieser Geschichte gehören doch Bilder, und du kannst doch gar nicht malen«, sagt Luna.
»Zuerst muss ich die anderen Kapitel schreiben, und das dauert noch ein paar Monate. Erst dann sucht der Verlag, der dieses Buch irgendwann herausbringt, einen Illustrator.«
»Illu… *was?«*
»Einen Il-lus-tra-tor. Das ist jemand, der Bilder zu einer Geschichte malt oder zeichnet.«

»Nimm doch mich!«, schlägt Luna vor.
»Später vielleicht.«
Während Papa im Arbeitszimmer weiterarbeitet, malt Luna in ihrem Zimmer an ihrem Schreibtisch einen dunklen Wald mit einem Hochsitz, und auf dem Hochsitz sitzen zwei Kinder. Wenn sie groß ist, dann will Luna auch Ill… ustrat… Dingsbums werden. Denn sie glaubt, dass das ein schöner Beruf ist!

EIN FLIEGENPILZ IM ERDBEERKLEID

Samstags darf Luna immer ausschlafen. Zumindest ein bisschen. Papa weckt sie nämlich nicht um viertel vor sieben, sondern erst um acht.

Dieses Mal wird Luna allerdings nicht von Papa, sondern von der Sonne geweckt. Luna liegt bei Papa im Bett, der nie die Vorhänge zumacht. Aber Luna hat das Gefühl, dass es viel später ist als sonst. Hat Papa etwa vergessen, sie zu wecken? Sie holt Lilli, die nachts immer im Hochbett bleibt. Man kann ja nie wissen, und mit Lilli im Arm fühlt sie sich sicherer.

Jetzt hört Luna etwas. Papa unterhält sich mit jemandem – mit einer Frau.

»MAMA!«, ruft Luna, als sie die Stimme erkennt.

Mit Lilli auf dem Arm läuft sie ins Wohnzimmer. Und tatsächlich, da sitzt sie. Als Luna auf sie zuläuft, steht sie auf, damit Luna ihr in die Arme springen kann. Dann lässt sie sich fest drücken und bekommt einen langen Kuss.

»Du bist ja schon da!«, sagt Luna.

»Ich habe doch gesagt, dass ich Samstag wiederkomme.«

»Ja, aber ich dachte erst abends. Wie lange warst du denn überhaupt in Amerika.«
»Vier Arbeitstage«, sagt Mama, die manchmal solche komischen Wörter benutzt.
Wenn Luna es richtig versteht, gibt es das Wochenende, an dem Mama nur wenig zu Hause arbeitet, und eben die Arbeitstage, an denen sie viel und woanders arbeitet.
»Schau mal!«, sagt Luna und zeigt Mama ganz stolz ihren Verband.
»Habe ich schon gehört. Aber Papa war ja zum Glück da.«
»Hast du uns etwas mitgebracht?«, fragt Luna.
»Aber klar doch«, sagt Mama und holt aus ihrem noch nicht ausgepackten Koffer dieses Mal kein T-Shirt, sondern ein Kleid.
Und auf dem Kleid sind ... Erdbeeren! Ab jetzt will sie nur noch Kleider mit Obst drauf haben. Natürlich zieht Luna das Erdbeerkleid sofort an.
»Ein Fliegenpilz im Erdbeerkleid!«, sagt Papa, und sogar Luna kann darüber lachen, und Mama lacht mit.
»Hast du eigentlich mein Handy gefunden?«, fragt Mama Papa, als sie ausgelacht haben.
»Nein, und ich habe wirklich danach gesucht.«
Luna hat Papa zwar nie danach suchen sehen, aber sie sagt lieber nichts. Und vielleicht hat er ja gesucht, als sie in der Schule war.
»Das gibt es doch einfach nicht«, sagt Mama, und Luna hofft, dass sie es nie findet.

Luna isst eine Brötchenhälfte mit Erdbeermarmelade, und in dem Moment, in dem sie auf die zweite Hälfte eine dicke Schicht Schokocreme schmieren möchte, klingelt das Telefon. Es ist Fabian. Anstatt Luna zu begrüßen, sagt er gleich, was er will.

»Hast du Lust, heute Nachmittag ins Kino zu gehen? Ins Cinemaxx. Mein Papa spendiert uns auch einen Eimer Popcorn! Aber nur, wenn er mitessen darf.«

Juhu, denkt Luna. Dann fällt ihr ein, dass sie mit Papa und Mama in die Oper fahren soll. Aber vielleicht darf sie ja trotzdem ins Kino gehen. Papa und Mama sind schließlich groß und schaffen das auch allein. Und fragen kostet nichts, sagt Papa immer.

»Warte mal«, sagt sie zu Fabian.

»Fabian geht heute ins Kino. Darf ich mit? Ihr könnt ja trotzdem in die Oper. Ich habe nichts dagegen«, sagt sie zu Papa und Mama, die beide nicht glücklich aussehen.

»Luna, die Karten waren teuer und eigentlich dachten wir, du freust dich. Also nein, ins Kino gehen kannst du heute wirklich nicht«, sagt Papa.

»Ja-ja-ja.«

Er muss gar nicht weiterreden. Luna hat es kapiert. Sie soll mitkommen in die Oper, obwohl da nur gesungen wird und Papa und Mama Luna nicht mal gefragt haben. Hätten sie sie gefragt, dann hätten sie Geld gespart. Denn dann hätte sie ihnen gesagt, dass sie dazu keine Lust hat. Manchmal sind ihre Eltern echt schwierig, findet sie.

»Das geht nicht, ich muss leider in die Oper«, sagt sie zu Fabian.
Und schon wieder sehen Papa und Mama nicht glücklich aus, dabei hat Luna Fabian doch gesagt, dass sie nicht mit ins Kino gehen kann.
»Ich habe keinen Hunger mehr«, sagt sie, nachdem sie aufgelegt hat.
In ihrem Zimmer möchte sie weiter am Tierlexikon arbeiten. Doch sie schafft es nur, aus einem Heft eine Schimpansenfamilie auszuschneiden, dann klingelt das Telefon schon wieder. Papa klopft, macht sofort die Tür auf und grinst.
»Gute Nachrichten!«, sagt er und reicht ihr den Hörer.
Es ist schon wieder Fabian! Und er fragt, ob sie vormittags Zeit habe zum Spielen.
Wieder denkt Luna: Juhu!
Eine halbe Stunde später ist Fabian da. Er hat einen großen Sack unter dem Arm, und Luna ist sich sicher, dass Fabian wieder eine verrückte Idee hat. Sein Vater steht in der Tür.
»Tropft der Wasserhahn noch?«, fragt er. »Ich werfe gern noch mal einen Blick drauf.«
»Alles gut!«, sagt Papa, und Luna glaubt, dass er gar nicht merkt, wie seltsam Mama ihn anguckt.
Endlich verrät Fabian Luna, was er im Sack versteckt hat.
»Ich habe ein Zelt mitgebracht. Können wir das im Garten aufbauen?«

Mama schüttelt den Kopf.
»Das Wetter ist zu schlecht. Gleich soll es regnen, und vielleicht gibt es heute auch noch ein Gewitter.«
»Toll, Regen!«, ruft Fabian.
»Toll, Gewitter!«, ruft Luna.
Sie kann Mama überhaupt nicht verstehen. Wie kommt sie denn auf die Idee, Regen und Gewitter schlecht zu finden? Schließlich gibt es nichts Schöneres als Regen und Gewitter! Zum Beispiel kann man sich ein Gewitter stundenlang angucken, weil der Himmel immer anders aussieht. Und jeder Blitz sieht anders aus. Und auch jeder Donner ist anders. Mal brummelt es, und das klingt so, wie wenn Papa schimpft. Manchmal kracht es auch richtig, und das klingt dann eher so, wie wenn Horst Jonas auf die Bank schickt. Und wenn es regnet, dann riecht plötzlich alles anders. Und auf Pfützen gibt es spannende Muster. Und kleine Bäche entstehen. Und barfuß auf nassem Gras zu gehen, das ist nun wirklich das Herrlichste, was es gibt!
Also wirklich! Papa und Mama freuen sich nur, wenn es warm ist und keine Wolke am Himmel zu sehen ist. Das findet Luna zwar nett, weil Papa und sie dann manchmal ins Freibad fahren. Aber irgendwie ist es auch ein bisschen langweilig, wenn es einfach bloß warm und der Himmel knallblau ist.
»Regen ist doch kein Problem, und das Zelt ist wasserdicht«, sagt Fabians Vater und lacht.

Luna mag Fabians Vater. Denn für Fabians Vater ist alles immer kein Problem. Und außerdem lacht er sehr viel und sehr laut und scheint ein fröhlicher Mensch zu sein.
»Wenn es für euch okay ist, helfe ich den beiden beim Aufbauen.«
Mama zuckt die Achseln, und Papa sagt etwas, das Luna überrascht. »Ich helfe auch.«
So kennt Luna Papa gar nicht. Eigentlich rennt er bei jeder Gelegenheit in sein Arbeitszimmer.
Kurze Zeit später steht das Zelt, und nachdem Fabians Vater mit Papa und Mama noch einen Kaffee getrunken hat, muss er auch schon gehen.
»Das nächste Mal kommt Luna aber mit zu uns. Dann können wir gemeinsam etwas bauen. Ein Baumhaus zum Beispiel.«
Darauf freut Luna sich. Aber noch mehr freut sie sich darüber, dass Fabian vormittags Zeit hat.
Auf den Zeltboden legen Luna und Fabian Isomatten, von denen im Keller viele herumliegen, und aus Lunas Zimmer holen sie einen großen Malblock und ungefähr hundert Filzstifte. Und dann ziehen sie ihre Schuhe aus, die sie unters kleine Vorzelt stellen, und legen sich nebeneinander auf den Bauch.
»Wir können zusammen ein Bild malen. Du bemalst die linke Hälfte, ich die rechte!«, schlägt Luna vor.
»Au ja!«, sagt Fabian, und Luna freut sich, weil eigentlich Fabian derjenige ist, der immer die Ideen hat.

Und es klappt super. Luna malt auf ihrer Seite ein Zelt und einen Baum im Herbst und einen dunklen Himmel. Darunter schreibt sie:

zälten im Herpst

Und Fabian malt auf seine Seite einen Lieferwagen, der so aussieht wie das Auto seines Vaters und der am Strand steht. Das blaue Meer und der blaue Himmel sind nicht so gut zu unterscheiden, findet Luna. Aber die Sonne sieht so aus wie auf Fabians Herbstbild, das er in der Schule gemalt hat. Nur das Kaugummi fehlt.
»Warum malst du eigentlich immer Bilder vom Meer?«
»Weiß ich nicht. Vielleicht, weil ich noch nie am Meer war.«
Luna wird traurig, als sie das hört. Sie war schon oft am Meer. Wenn Mama Urlaub hat, verreisen sie meistens, und im Sommer immer ans Meer.
Fabian schreibt unter sein Bild:

am mehr ist es schöhn

Es macht viel Spaß, neben Fabian im Zelt auf dem Bauch zu liegen und zu malen. Aber richtig toll wird es erst, als es zu regnen beginnt. Und der Regen wird immer doller! Er prasselt von außen gegen das Zeltdach, und deshalb legen sie sich auf den Rücken und beobachten, wie eine Million Tropfen auf dem Dach Spuren hinterlassen. Jetzt sieht das Zelt von innen aus, als habe es Sommersprossen.
»Wollt ihr nicht reinkommen?«, ruft Papa vom Balkon.
»NEIN!«, rufen Luna und Fabian gleichzeitig.
»Also ich, ich will nicht rein, ich will raus!«, sagt Luna zu Fabian, und schon wieder findet Fabian ihre Idee toll.

»Aber sollen wir nicht lieber vorher deine Eltern fragen?«, fragt er.
»Nein, das tun wir lieber nicht. Vielleicht verbieten sie es uns dann.«
Fabian nickt. Sie ziehen ihre Socken aus, krempeln ihre Hose hoch und zählen gemeinsam bis drei. Dann springen sie aus dem Zelt und laufen barfuß auf dem nassen, kalten Rasen und lachen und kreischen dabei. Es ist von unten nass. Und es ist von oben nass. Und da es immer windiger wird, ist es auch von der Seite nass. Es ist so, als wären sie mit Kleidung in der Badewanne.
Luna überlegt sich, dass das bestimmt lustig wäre, mal voll bekleidet in die Badewanne zu gehen. Aber sie weiß nicht, ob Papa und Mama das auch lustig finden würden. Sie glaubt eher nicht. Dabei wäre das gar nicht schlimm. Und anschließend wäre sogar die Kleidung sauber.
»Lass uns schaukeln!«, schlägt Fabian vor.
Und das tun sie auch. Da es immer windiger wird, hat Luna den Eindruck, der Wind schiebt ihre Schaukel an. Das fühlt sich an, als würde sie fliegen, und so wie Fabian lacht, scheint auch er das Gefühl zu haben zu fliegen.
»Jetzt kommt aber rein!«, ruft Papa.
Er klingt nicht so, als hätte er Lust, noch ein weiteres Mal zu rufen. Na gut. Sie sind klatschepatschenass, und deshalb bekommt Fabian einen Trainingsanzug von Luna, und in diesem Trainingsanzug sieht er ziemlich lustig aus, weil er ihm viel zu kurz ist.

Luna zieht ihr Erdbeerkleid an, und damit ihr warm wird, zieht sie darüber ihren Fliegenpilz-Pullover.
»Und was machen wir jetzt?«, fragt Fabian.
»Lass uns doch eine Höhle bauen«, schlägt Luna vor.
»Super Idee!«, jubelt Fabian.
Sie rennen durch die Wohnung und hängen alle Decken, die sie finden können, von ihrem Hochbett runter. Der Bereich unter dem Hochbett wird mit Kissen ausgelegt, und jetzt sitzen sie dort mit Taschenlampen und gucken sich Lunas Tierlexikon an.
»Dürfen wir auch in eure Höhle?«, fragt Papa.
Luna wundert sich, aber natürlich dürfen sie. Mama ist sehr müde, weil sie ja in Amerika war, und in Amerika ist es gerade mitten in der Nacht. Deshalb fühlt es sich für Mama so an, als wäre es mitten in der Nacht, obwohl sie gar nicht mehr in Amerika ist. Mama schläft auf dem Boden auf einer Decke liegend sofort ein, was Fabian nicht zu stören scheint. Und Luna und Papa wissen ja, wie es ist, wenn Mama aus Amerika zurückkommt.
»So, soll ich euch *Die Zauberflöte* vorlesen?«, fragt Papa.
Ach so, deshalb wollte Papa unbedingt in die Höhle, denkt Luna.
»Ja«, sagt Fabian.
Aber Luna findet, dass das eher wie ein *Nein* geklungen hat. Wahrscheinlich hat er sich einfach versprochen.
»Nein, wir wollen uns lieber das Tierlexikon angucken«, sagt Luna.

»Das könnt ihr ja danach noch machen. Erstmal lese ich euch vor.«
Warum fragt er uns denn, wenn er eh macht, was er will?, denkt Luna. Aber so schlimm ist es dann doch nicht, als Papa im Schein der Taschenlampe *Die Zauberflöte* vorliest und ihnen die Bilder zeigt.
»Wer kann mir denn erzählen, worum es geht? Ich habe das schon wieder vergessen«, sagt Papa.
Solche Fragen stellt Papa oft. Dass er wirklich vergessen hat, was in den Büchern passiert, glaubt Luna ihm aber schon lange nicht mehr.
»Ich habe behalten, dass es um eine große Schlange geht. Und um jemanden, der Vögel fängt. Und um eine Königin«, sagt Fabian.
»Und ich habe behalten, dass ein Prinz die Tochter von einer Königin, und zwar der Königin der Nacht, retten soll. Die ist nämlich von einem anderen König gefangen gehalten worden. Und dabei hilft ihm ein lustiger Vogelfänger. Und ich habe behalten, dass der Prinz Tamino und die Prinzessin Pamina und der Vogelfänger Papageno heißt. Ach ja, und Tamino hat eine Flöte, die ihm drei Wünsche erfüllt«, sagt Luna.
Sie hat viel mehr behalten als Fabian, aber Papa hat ihr das Buch ja auch schon mindestens dreimal vorgelesen. Fabian findet die Geschichte so spannend, dass er auch mit in *Die Zauberflöte* möchte, aber das geht nicht, weil die Vorstellung ausverkauft ist.

Mama hat von alledem nichts mitbekommen. Und das ist auch gut so, denn sonst hätten sie vermutlich schon aufräumen müssen. Papa räumt eigentlich nur auf, bevor Mama von einer Reise zurückkommt oder wenn sie ihm sagt, dass er endlich mal aufräumen müsse. Weil Papa so unordentlich ist, findet er in seinem Arbeitszimmer manchmal nicht mal einen Bleistift und leiht sich einen von Luna aus. Und wenn Luna ihn dann wiederhaben will, findet Papa oft auch ihren Stift nicht mehr. Mama findet, dass auch Luna unordentlich ist, und sie sagt, dass sie das von Papa habe. Aber das stimmt nicht! Luna malt und bastelt nur gern, und dann liegt eben viel auf dem Boden herum.
Nachmittags wird Fabian von seinem Vater abgeholt.
»Ich muss dir unbedingt unsere Höhle zeigen! Aber du musst ganz leise sein, Lunas Mama schläft in der Höhle«, sagt Fabian zur Begrüßung.
Daraufhin lacht Fabians Vater wie immer sehr laut.
»Macht sie einen Mittagsschlaf?«, fragt er.
»Nein, sie war gerade in Amerika, und deshalb ist für sie Nacht.«
»Ach, sie hat einen Jetlag! Kenne ich«, sagt Fabians Vater. Schön für ihn, Luna kennt das nicht. Aber vielleicht ist das ja ein Wort für »Schlafstörung nach einer Amerikafahrt«.
»Hat sie dort Urlaub gemacht?«, fragt er.
»Nein, sie hat dort gearbeitet«, sagt Luna.

»Ach so«, sagt Fabians Vater und stellt keine weiteren Fragen.
Die Höhle findet Fabians Vater »ganz, ganz toll«, und dass das Zelt nass ist, stört ihn nicht. Er baut es mit Papa in zwei Minuten, vielleicht auch in zehn Minuten, ab. Inzwischen regnet es nicht mehr. Schade. Luna hat sich so aufs Gewitter gefreut. Aber vielleicht kommt es ja noch.

DIE KÖNIGIN DER NACHT IST EIN BISSCHEN UNHEIMLICH!

Kurz bevor sie fahren, darf Luna Mama wecken. Sie sieht aus, wie sie aussieht, wenn Luna morgens zu ihr ins Bett kriecht. Als wäre sie wach und würde gleichzeitig noch schlafen. Mama zieht ein schwarzes Kleid an, und allein deshalb ist es doch nicht so schlimm, dass sie in die Oper fahren. Denn Mama zieht sonst nie Kleider an. Dabei sieht sie in dem Kleid so aus, wie Luna sich die Königin der Nacht vorstellt.

»Schatz?!«, sagt Mama in einem sehr sonderbaren Tonfall zu Papa.

Mehr sagt sie nicht. Aber Papa scheint genau zu wissen, was sie meint. Er zieht seinen schwarzen Kapuzenpulli, der sein Lieblingskleidungsstück ist, wieder aus. Stattdessen zieht er ein langärmeliges, dünnes, ebenfalls schwarzes T-Shirt an.

»Na ja«, sagt Mama dazu.

Luna weiß nicht genau, was Mama damit meint. Aber es klingt so, als wenn sie findet, dass das auch nicht besser als der Kapuzenpulli ist.

Mit der Schwebebahn fahren sie zum Opernhaus. Dort fällt Luna als Erstes auf, dass alles anders ist als im Kino. Zum Beispiel drängeln sich viele Zuschauer vor der Garderobe, die es im Kino gar nicht gibt. Andere gehen eine Wendeltreppe hinauf. Das tun auch Papa, Mama und Luna, nachdem sie ihre Jacken an der Garderobe abgegeben haben.

Jetzt sind sie in einem großen Raum, an dessen Decke ein riesiger Kronleuchter hängt. Vor einer kleinen Theke, an der Getränke ausgeschenkt werden, haben sich drei Schlangen gebildet. Allerdings kaufen sich die Opernbesucher weder Fanta noch Cola, sondern Sekt, Wein und Bier. Was Sekt ist, das weiß Luna, weil Papa und Mama Silvester immer Sekt trinken. Wenn sie abends essen gehen, dann trinkt Papa aber nie Sekt, sondern Rotwein und Mama Weißwein oder ein Bier. Luna findet, dass Rotwein am leckersten von diesen Getränken aussieht. Direkt neben der Theke steht noch ein Brezelstand, aber Luna ist gerade viel zu aufgeregt, um etwas zu essen.

Das Publikum sieht ein bisschen anders aus als im Marionettentheater und ganz anders als im Kino. Viele Männer tragen ein Hemd mit einem Schlips. Luna weiß gar nicht, ob Papa so was hat. Sie hat ihn jedenfalls noch nie im Hemd und Schlips gesehen. Einmal war sie bei Mamas Arbeit auf einem Sommerfest. Dort haben fast alle Männer, mit denen Mama sich unterhalten hat, ein Hemd und einen Schlips getragen. Luna fragt sich, ob Papa da-

mals deshalb keine Lust hatte, mit aufs Sommerfest zu kommen.
Obwohl Luna sucht, entdeckt sie nur wenige Kinder, die so alt sind wie sie. Die Mädchen tragen alle Kleider, und viele Jungs tragen ebenfalls ein Hemd und einige sogar einen Schlips. Luna hat das Gefühl, auf einem Faschingsfest gelandet zu sein. Damit hat sie aber kein Problem, denn sie mag Fasching. Und sie hat das schönste Kostüm! Denn ein Erdbeerkleid mit einem Fliegenpilz-Pullover trägt wirklich niemand. Luna bemerkt, dass sie sehr oft angeguckt wird. Und das liegt bestimmt an ihrem Kleid und ihrem Pullover.
»Heute sind viele Kinder da«, sagt Papa in diesem Moment.
Da muss Luna richtig lachen. Wahrscheinlich hat Papa auch nur einen Witz erzählt.
»Also ich habe erst zehn oder zwanzig oder vielleicht dreißig gesehen.«
»Das *sind* viele«, sagt Mama.
»Wie viele Kinder sind denn sonst in einer Oper?«, fragt Luna.
»Keins«, antworten Papa und Mama gleichzeitig.
Luna nickt. Sie wusste doch, dass eine Oper nichts für sie ist. Als es wie in der Schule läutet, geht es los. Luna sitzt zwischen Mama und Papa im ersten Rang in der ersten Reihe in der Mitte. Die Plätze findet Luna super, denn der erste Rang hat Ähnlichkeit mit einem riesigen Balkon.

Inzwischen haben alle ihre Plätze gefunden und unterhalten sich, und das klingt wie in einem Bienenstock. Dann wird es dunkel, und es ist so plötzlich still, als hätte jemand auf einen Knopf gedrückt. Das ist im Kino ganz anders. Im Kino wird manchmal sogar geredet, wenn der Film längst angefangen hat. Und Luna fällt auf, dass niemand auf sein Handy guckt. Auch das ist anders im Kino. Luna glaubt, dass ihr Herz schneller als üblich schlägt. Zunächst hat Luna jedoch noch viel Zeit sich zu überlegen, was auf der Bühne passieren wird und wie die Kostüme aussehen könnten. Denn die Anfangsmusik, die sich ein bisschen wie Filmmusik anhört und bei geschlossenem rotem Vorhang gespielt wird, hört einfach nicht auf.

»Wie lange geht es noch?«, fragt Luna.

»Pst, das ist die Ouvertüre. Gleich geht es richtig los«, flüstert Mama ihr ins Ohr.

Gerade als Luna beschließt, ein bisschen zu schlafen, öffnet sich der Vorhang. Prinz Tamino, der aussieht wie ein Ritter ohne Helm, wird von einer Riesenschlange verfolgt und schreit um Hilfe.

Genaugenommen *singt* er um Hilfe. Luna ist so aufgeregt, dass sie fast vergisst zu atmen.

»Darf ich mal durch das Fernglas gucken?«, fragt Luna Mama so leise wie möglich.
Mama reicht ihr das Glas.
»Das ist ein *Opernglas,* Schatz. Lass es bitte nicht fallen«, sagt Mama ebenfalls sehr leise.
Natürlich lässt Luna es nicht fallen! Wie kommt Mama denn auf eine solche Idee? Dann würde es ja demjenigen, der genau unter ihr sitzt, auf den Kopf plumpsen.
In diesem Moment wird der Prinz gerettet, und dann taucht Papageno auf, der Vogelfänger. Der sieht in seinem Blätterkostüm aus, als hätte Papa ihn in einen der Blätterhaufen im Garten geworfen. Luna mag Papageno ganz besonders, denn das ist ein lustiger Kerl. Und sie mag es, wenn er Panflöte spielt.
Natürlich findet Luna auch Pamina toll, die ein ganz weißes Kleid trägt und eher leise singt. Sie ist eigentlich genau das Gegenteil von ihrer Mutter!

Denn die Königin der Nacht trägt ein knalliges, goldfarbenes Kostüm und singt sehr laut und funkelt mit den Augen und fuchtelt mit einem Messer herum. Luna findet sie ein bisschen unheimlich. Deshalb hat sie auch kein Mitleid, als die Königin der Nacht irgendwann plötzlich tot umfällt. Wie Luna erst jetzt verstanden hat, war sie nämlich eine böse Königin, und der andere König, der Sarastro heißt und mit einer ganz tiefen Stimme gesungen hat, der liebe König. Kurz nachdem Papageno gemeinsam mit Papagena, die er gerade erst kennengelernt hat, ein ziemlich lustiges Lied gesungen hat, beginnt das Publikum zu klatschen.
»Warum klatschen alle?«, fragt Luna.
»Weil die Oper zu Ende ist«, sagt Papa.
Jetzt beginnt auch Luna zu klatschen.
»Gib mir jetzt bitte das Opernglas«, sagt Papa.
Luna schüttelt den Kopf. Vielleicht braucht sie es ja noch mal.
Als Pamina alleine auf der Bühne steht und sich tief verbeugt, stört das Opernglas aber doch, weil sie mit dem Ding in der Hand nicht so laut klatschen kann.
»Hier«, sagt sie und reicht Papa das Opernglas, ohne in seine Richtung zu gucken, weil sie weiter Pamina sehen will.
Sie lässt das Opernglas los und geht davon aus, dass Papa es fängt.
»Mist!«, zischt Papa.

Als Luna merkt, dass das Opernglas erst auf das Geländer gefallen und von dort runtergerutscht ist, bekommt sie einen riesengroßen Schreck. Und weil ihre Hände zittern und ihr Bauch sich anfühlt, als müsste sie gleich spucken, hört sie auf zu klatschen.
Mama schüttelt den Kopf und Papa beugt sich über das Geländer, und das tut auch Luna. Das Opernglas ist einem alten Mann mit Glatze, der unter ihr sitzt, zum Glück nicht auf den Kopf, sondern direkt in den Schoß gefallen. Aber wehgetan hat es bestimmt trotzdem. Er schaut nach oben, und er schaut Luna direkt in die Augen.
»Ist dir das Glas runtergefallen?«, ruft er mit lauter, deutlicher Stimme. Luna nickt.
»Wir treffen uns gleich am Brezelstand«, ruft der Mann.
»Oh nein«, flüstert Luna und würde sich am liebsten irgendwo verstecken.
»Brauchen wir das Opernglas eigentlich? Wenn nicht, dann könnten wir doch lieber gleich nach Hause fahren«, sagt sie zu Papa und Mama.
»Ja, das brauchen wir noch. Und du wirst dich gleich bei dem Mann entschuldigen«, sagt Papa.
Luna nickt und überlegt sich, ob sie dem Mann von ihrem Taschengeld eine Brezel kaufen soll.
Weil Pamina, Tamino, Papageno und die Königin der Nacht und auch alle anderen immer wieder auf die Bühne kommen, beginnt sie wieder zu klatschen, und sie klatscht so lange, bis kein anderer mehr klatscht und sich

der Saal und der Rang leeren. Jetzt stehen auch Papa und Mama auf, und Luna bleibt nichts anderes übrig, als mitzugehen und ihnen zum Brezelstand zu folgen.
Und da steht der Mann und wartet schon. Von Nahem sieht er so alt wie Gertrud aus, und neben ihm steht eine Frau, die sogar noch älter als Gertrud aussieht. Eine Brezel von ihrem Taschengeld muss sie ihm nicht mehr kaufen, denn der Mann hat sich bereits eine Brezel gekauft. Er scheint Hunger bekommen zu haben. Das versteht Luna, denn sie hat auch Hunger.
»Da ist ja die kleine Prinzessin! Hier ist das Opernglas, und hier eine Brezel. Wenn du die isst, dann wirst du kräftig, und dann fällt dir das nächste Mal das Opernglas nicht aus der Hand«, sagt der Mann, bevor Luna sich entschuldigen kann.
Luna bedankt sich. Und wenn sie es richtig verstanden hat, dann ist der Mann gar nicht böse auf sie. Papa und Mama entschuldigen sich trotzdem, aber der Mann will davon nichts hören.
»Es ist so schön, wenn Kinder in die Oper gehen. Ich hoffe, du kommst mal wieder«, sagt er.
Luna nickt. Und sie glaubt tatsächlich, dass sie sich irgendwann mal wieder eine Oper anschauen wird.

HILFE! MAMA MÖCHTE ERBSEN ESSEN!

Sonntags gibt es immer aufgebackene Croissants, und Luna liebt es, sich ganz viel Butter auf eine Croissanthälfte zu schmieren und zuzugucken, wie die Butter zerläuft. Nach dem Frühstück spielen Mama und Papa mit Luna *Mensch ärgere dich nicht*.

Heute macht es besonders viel Spaß, denn als Luna einmal eine Zwei würfelt und zwei Felder rückwärtsgeht, um Papa rauszuschmeißen, lachen Mama und Papa und gehen selbst manchmal rückwärts, um sich rauszuschmeißen.

Nach fünf Partien *Mensch ärgere dich nicht* sagt Papa: »Ich lasse euch beide dann mal allein und gehe joggen.«

Das macht Papa immer, wenn Mama am Wochenende von einer Dienstreise zurückkommt. Und das ist schön, denn Luna ist sonst nie allein mit Mama, weil Papa *immer, immer, immer* da ist! Luna hofft, dass auch Papa mal auf Dienstreise ist. Und das sagt sie ihm auch, bevor er losjoggt. Er zuckt die Achseln, als wollte er sich für etwas entschuldigen.

»Wenn irgendwann viele Menschen meine Bücher kaufen, dann werde ich auch mal unterwegs sein und irgendwo in Buchhandlungen lesen«, sagt er.
Das hat Luna nicht genau verstanden. Um irgendwo weit weg in Buchhandlungen zu lesen, müssen sich doch nicht viele Menschen seine Bücher kaufen. Die Menschen können die Bücher ja kaufen, wenn er in der Buchhandlung ist und dort liest. Das ist doch viel praktischer.
Immerhin ist Papa jetzt eine Stunde lang weg, und diese Stunde will Luna genießen.
»Machst du mir einen Dutt?«, fragt Luna.
Mama nickt und beginnt, ihr einen Dutt zu machen. Zu den Sachen, die Papa gar nicht kann, gehört alles, was mit Haaren zu tun hat. Seine Haare im Gesicht rasiert er sich fast nie. Seine Haare auf dem Kopf schneidet er sich nie, und oft sehen sie so aus, als würde er sie auch nicht kämmen. Mama wiederum kann alles, was mit Haaren zu tun hat. Sie hat Luna sogar beigebracht, wie man selbst Zöpfe flicht, und genau dazu hat Luna jetzt Lust.
»Darf ich dir jetzt Zöpfe flechten?«
»Ach Schatz, ich muss doch noch auspacken. Das habe ich gestern nicht mehr geschafft.«
»Das kannst du doch nachher machen.«
Mama seufzt. »Na gut.«
Sie setzt sich auf einen Stuhl, und Luna stellt sich hinter sie und beginnt mit dem Flechten. Als Papa wiederkommt und ganz verschwitzt ist und nicht besonders gut riecht,

lacht er. Er findet, dass Mama zehn Jahre jünger aussieht, und Luna weiß nicht, ob sich Mama darüber freut oder nicht. Dann geht er duschen.

»So, jetzt habe ich Hunger! Was gibt es? Hast du frisches Gemüse gekauft?«, fragt Mama, als er fertig ist.

Und sie hat mit einem Tonfall gefragt, von dem Luna weiß, dass Papa ihn nicht so gern mag.

»Ich gehe morgen einkaufen, dann kaufe ich Gemüse«, sagt Papa.

»Was habt ihr denn gegessen, während ich weg war? Bestimmt jeden Tag Spaghetti ohne etwas dazu, oder?«

Luna findet, dass Mama ein wenig schnippisch klingt. Aber sie kann Mama beruhigen, denn das stimmt nicht.

»Nein, einmal gab es Spaghetti mit Butter und Parmesan, einmal gab es angebratene Spaghetti mit Rührei, einmal gab es Spätzle mit Käse, und einmal haben wir Pizza bestellt«, sagt Luna.

Mama sieht nicht aus, als gefalle ihr, was Luna und Papa in der zurückliegenden Woche gegessen haben.

»Ach, wenn man euch mal allein lässt! Aber na gut, dann essen wir endlich mal die Erbsen, die schon seit Jahren im Eisschrank liegen. Dir wird bestimmt nicht schlecht davon, Schatz. Ich mache das Essen. Sonst schlafe ich ein«, sagt Mama.

Das ist mit Abstand die schrecklichste Idee, auf die Mama jemals gekommen ist!
Noch bevor Luna oder Papa etwas sagen können, geht Mama in die Küche. Luna hat plötzlich ganz dolle Bauchschmerzen. Richtig weh tut es. Als wäre in ihrem Bauch ein dicker Knoten. Denn wenn Mama den Beutel Erbsen aus dem Eisschrank holt, dann findet sie ihr Handy und Papas CD! Dann wird Luna bestimmt so bestraft wie Michel, der in den Michel-Geschichten immer in den Schuppen gesperrt wird. Einen Schuppen haben sie zwar nicht. Aber einen Keller.
»Ich muss mal aufs Klo«, sagt Luna, greift nach Lilli und rennt weg.
Papa ruft ihr irgendetwas hinterher, aber Luna versteht ihn nicht. Anstatt aufs Klo zu gehen, klettert sie so schnell wie noch nie zuvor auf ihr Hochbett, vergräbt sich ganz tief unter der Decke und drückt Lilli fest an sich. Sie will, dass schon morgen ist. Der nächste Tag. Denn dann wäre das, was sie jetzt gleich erleben wird, schon vorbei.
»LUNA!«
Das war Mama. Luna beginnt zu schluchzen.
»L-U-N-A!«
Das war schon wieder Mama. Luna weint inzwischen richtig. Sie zittert am ganzen Körper. Vielleicht muss sie nicht nur in den Keller, vielleicht bekommt sie sogar eine Tracht Prügel. Ihre Eltern haben sie zwar noch nie geschlagen, aber diesmal tun sie es ja vielleicht doch.

Luna weint und weint und weint. Lange Zeit geschieht nichts. Irgendwann hört sie eine leise Stimme.
»Luna … Mausebär …«
Das ist Papa. Es beruhigt sie, Papas Stimme zu hören. Er steht neben dem Bett und guckt sie an. Er sieht nicht böse aus, aber auch nicht lieb. Eher so, als würde er über etwas nachdenken.
»Du, das mit der CD ist nicht so schlimm, ich habe sie ja auch gar nicht vermisst. Aber …«
Papa spricht nicht weiter. Luna hat den Eindruck, dass Papa schon wieder über etwas nachdenken muss.
»So, jetzt komm mal mit ins Wohnzimmer«, sagt er schließlich.
Luna nickt und lässt sich schluchzend in Papas Arme fallen. Im Wohnzimmer sitzt Mama. Vor ihr liegt ein Handtuch, und auf dem Handtuch liegen Papas CD und Mamas Handy, um die sich eine richtige Eiskruste gebildet hat.
»Schatz, guck mich an«, sagt Mama.
Luna befürchtet, dass Mama nicht Papa, sondern sie meint. Und Luna hat recht.
»Luna … Schatz. Guck mich an«, wiederholt Mama.
Luna hebt den Kopf und schluchzt. Mama hat immer noch sieben Zöpfe, aber in diesem Moment kann Luna sich darüber gar nicht freuen. Sie glaubt, dass sie gerade die schrecklichsten Minuten ihres Lebens erlebt. Mama sagt nur ein Wort.
»Warum?«

Luna zuckt die Achseln. Papa sagt nichts.
»Gucke ich dir zu viel aufs Handy?«, fragt Mama.
Luna nickt.
»Du bist so selten da … und wenn du da bist, guckst du schon gleich am Frühstückstisch aufs Handy«, murmelt sie.
Jetzt ist es Mama, die nickt. Und dann sagt keiner mehr etwas. Sie sitzen nur am Tisch und schweigen. Das Schweigen dauert ganz schön lange, findet Luna. Zum Glück fängt Mama irgendwann an zu sprechen, denn das Schweigen hat Luna Angst gemacht.
»Okay, ich mache dir einen Vorschlag. Am Wochenende muss ich manchmal ein wenig arbeiten, das ist halt so. Aber ich gucke nur noch einmal morgens, einmal mittags und einmal abends aufs Diensthandy. Den Rest der Zeit schalte ich es aus«, sagt Mama.
Damit hat Luna nicht gerechnet, und sogar Papa guckt Mama überrascht an. Aber was ist mit ihrem eigenen vereisten Handy?
In den Keller wird Luna anscheinend nicht gesperrt. Und eine Tracht Prügel bekommt sie auch nicht. Aber vielleicht bekommt sie ja in den nächsten zehn Jahren kein Taschengeld, weil Mama sich ein neues Handy kaufen will und sie sparen müssen.
»Und wisst ihr was? Mein eigenes Handy hat mich sowieso genervt. Ich hatte wirklich das Gefühl, immer auf dieses blöde Ding gucken zu müssen. Nun ist es kaputt, und

ich brauche kein neues. Essen wir jetzt? Ich habe Hunger«, sagt Mama.
Jetzt muss Luna wieder weinen, aber dieses Mal nicht, weil sie Angst hat.

Abends liest erst Mama ihr vor. Und das ist toll, weil sie das sonst nie macht. Aber Papa liest auch noch vor, und das ist für Luna ganz wichtig, denn sonst kann sie nicht einschlafen. Papa liest ihr schließlich jeden Abend vor, und das muss er auch!
»Gute Nacht, Mausebär«, sagt Papa, nachdem er wie immer noch zwei Extraseiten vorgelesen hat.
»Gute Nacht, Papa!«
Anschließend kommt Mama und streichelt ihr den Rücken.
»Gute Nacht, Schatz«, sagt Mama.
»Gute Nacht, Mama!«
Luna dreht sich auf die Seite. Sie drückt Lilli ganz fest an sich und schläft sofort ein.
Nachts wird sie von einem Donner geweckt. Oder hat sie das nur geträumt? Zuerst überlegt sie, ob sie Papa rufen soll. Nein, sie glaubt, dass sie noch gar nicht so lange geschlafen hat. Und weil sie bald acht wird, muss sie ja auch üben, nicht jede Nacht nach Papa zu rufen.
Weil sie nicht wieder einschlafen kann, denkt sie darüber nach, ob das Wort »Donner« großgeschrieben wird. Nein, wahrscheinlich nicht. Denn man kann den Donner

ja nicht sehen, nicht anfassen und nicht zählen. In diesem Moment donnert es zum zweiten Mal. Also kann man ihn *doch* zählen, und deshalb wird das Wort mit Sicherheit großgeschrieben.
Luna kann immer noch nicht schlafen. Anstatt nach Papa zu rufen, krabbelt sie mit Lilli im Arm zum Fenster. Den Mond sieht sie nicht, weil er sich hinter Wolken versteckt hat. Es prasselt gegen ihre Scheibe, und als es wieder donnert, denkt Luna: Wie schön, doch noch ein Gewitter. Sie hofft, dass sie noch ein paar Blitze sieht.
»Mausebär, alles gut?«
Luna zuckt zusammen. Papa ist gekommen. Dabei hat sie ihn doch gar nicht gerufen. Sie lächelt, ohne dass Papa es sieht.
Wenn ich nicht zu Papa komme, dann kommt er zu mir, denkt sie.
»Na komm«, sagt Papa und hebt sie aus dem Bett.
Erst jetzt bemerkt Luna, dass hinter Papa Mama steht. In diesem Moment blitzt es. Es ist ein toller Blitz, der aussieht, als hätte jemand vom Himmel einen gezackten Pfeil auf die Erde geworfen.
Jetzt steht die ganze Familie am Fenster und schaut sich das Gewitter an. Und Luna steht zwischen Mama und Papa, die beide einen Arm um sie gelegt haben.

DER AUTOR

Arne Ulbricht, geboren 1972, arbeitet als Lehrer für Französisch und Geschichte, wenn er nicht gerade Bücher schreibt. Sein Werk umfasst sowohl Romane als auch Sachbücher sowie Artikel für verschiedene Zeitungen. *Luna* ist sein erstes Kinderbuch. Er liebt es, mit seinen Kindern Karten- und Gesellschaftsspiele zu spielen und geht leidenschaftlich gerne ins Kino, ins Theater oder in die Oper. Arne Ulbricht lebt mit seiner Familie in Wuppertal.

DIE ILLUSTRATORIN

Sanne Dufft, geboren 1974, wollte schon als Kind Kinderbücher illustrieren. Bevor sie damit anfing, machte sie aber erst einmal in Nordirland eine Ausbildung zur Heilpädagogin. Danach studierte sie Kunsttherapie in Nürtingen. Im Verlag Urachhaus sind von ihr erschienen: *Der Sandelefant* (2015, Bilderbuch, zusammen mit Rinna Hermann), *Magnus und der Nachtlöwe* (2017, Bilderbuch) sowie Umschläge und Innenillustrationen zu zahlreichen weiteren Büchern. Sanne Dufft lebt mit ihrem Mann und drei Kindern in Tübingen.